純白の少年は竜使いに娶られる
jyunpakuno shounenha ryuuts

純《じゅん》白《ぱく》の少《しょう》年《ねん》は竜《りゅう》使《つか》いに娶《めと》られる

水《み》無《な》月《づき》さらら
ILLUSTRATION：サマミヤアカザ

純白の少年は竜使いに娶られる

LYNX ROMANCE

CONTENTS

純白の少年は
竜使いに娶られる

＊1＊

ラシェル・レ・アルトワが男にしては華奢《きゃしゃ》な手に手袋を塡《は》め終わったとき、シャイエ男爵は紅茶のカップをソーサーに戻した。

気難しい国王アルフォンス八世の側近を長年務めてきた者らしいタイミングのよさだ。

「それでは、参りましょう」

はい…と俯《うつむ》いたラシェルの青ざめた顔に向ける灰色の目にはなんら感情が窺《うかが》えない。

妻子を抱える四十歳になんなんとする男ながら、そこに温かみは欠片《かけら》もなかった。

とはいえ、ラシェルはそろそろ少年期を脱する年頃である。このたびのことも自分で決めたのだ、鉄面皮で知られるシャイエ男爵に哀れまれる謂《いわ》れはない。

この一か月のうちに両親を失い、母が遺《のこ》した手紙から出生の秘密を知ってしまった。そして、自らの身の置き所を決める必要に迫られたのだ。

人生は一変することになった。

ラシェルの白っぽい金髪に包まれた顔は引き攣《つ》り、淡い青色の瞳は今にも泣き出しそうに潤んでいる。美人の誉れ高かった母親にそっくりな目鼻立ちは可《か》憐《れん》にすぎ、どこかあどけなく、青年としては甚だ頼りない雰囲気を纏《まと》っていた。

自分で決めたことではあっても、生まれ育った屋敷を出るのは辛《つら》い。

いや、辛いというよりは怖いのかもしれない。

この先が不安で仕方がなかった。

ラシェルはアルトワ家の『小さい坊ちゃま』として、両親や兄、召使いたちに愛されて育ったのだ。

何不自由ない暮らしの中では簡単な身の回りのことも自分ではしてこなかったし、それ以上に世間知らずのままだ。

その自覚はある。

だが、もうこれからは通用しないだろう。自分の身の回りのことはもちろん、それ以上のことをするように要求されるに違いない。出来るか出来ないかを考えると心が怯《ひる》みそうになるが、なんとかやってみるしかない。

もっとも、世間を積極的に知る必要はないのかもしれなかった。

神学校を卒業した後は神殿に上がり、神官としてひたすら神の言葉に耳を傾け、冠婚葬祭にまつわる儀式を司《つかさど》る者となる。

(……神さまが僕を助けてくれるよね、何事においても)


ラシェルの悲壮な表情に堪《たま》りかねてか、執事のベルナールが口を開いた。

「差し出がましいことを申し上げますが、ご出立は本日でなくても。せめて、クラレ……――旦那さまがお戻りになるのをお待ちになってはいかがでしょうか？　その…お忙しい中、シャイエ男爵様にはもう一度ご足労いただくわけではございますが」

「どうされる？　わたくしは後日でも構わぬが」

男爵の確認に、ラシェルはけなげに首を横に振った。

「……兄さまはきっと反対なさるでしょうから、会わないで行くほうがいいのです」

反対されれば、せっかくの決意が鈍る――そう、本当はここを出ていきたくはない。

兄であるクラレンスのたった一人の可愛《かわい》い弟でいたかった、ずっと。

それでも、自分の出生を知ってしまった以上、ラシェルはもうアルトワ家の一員だという顔はしていられない。

（父上は全てを知っていらしたそうだが、兄さまはきっとご存じない……知ったところで、情け深い兄さまのこと、これまで通りに僕に接してくださるに違いない……でも、僕は兄さまの顔をまっすぐに見る自信がないよ。ああ…それにしても、なぜ母上は父上を裏切り、かつ父上の子ではないと分かってい る僕を産んだんだろう……——）

ラシェルは拳《こぶし》をぎゅっと握り、シャイエ男爵に顔を向けた。

「お待たせして申し訳ありませんでした。準備が整いましたので、もういつでも出かけられるかと」

「よろしい」

男爵は立ち上がり、気難しげに結ばれた唇に錆《さ》び付いたような笑みを一瞬だけ浮かべた。

「個人的には、よい決断をなさったと思う。いかにも繊細そうなあなた様は、世俗に汚れることなく、神官として高潔な日々を送るほうが心安らかにいられるのではないかな」

「自分が繊細かどうかは分かりませんが、僕もそう思います」

シャイエ男爵の後ろについて、客間から玄関へ。それを見送る乳母のアンヌは丸っこい拳でドレスをぎゅっと握るだけで精一杯らしく、震える唇にたむけの言葉を乗せることもしない。

しかし、彼女にはもう昨夜のうちに別れは言ってあった。

ラシェルの母が遺した金品を全て渡した上で、ここを去り、どこか静かな郊外の村に身を寄せるように話したのだ。

『お坊ちゃま、ばあやにこんなたくさんのお金は……』

『いいんだ、みんな持っていって。神学校に入っちゃえば、僕にはもう必要ないもの。ばあやは身体《からだ》に気をつけて、楽しくお暮らしよ。ね？』

『ね、って……ラシェル坊ちゃま！』

アンヌはラシェルに縋《すが》り付くようにして言ったのだった。

『母上さまがご遺書で伯爵様のお子ではないとあなたに告げられたのは、それをわきまえてお兄さまを敬いなさいという意味でしかありません。お分かりでしょう？　アルトワ家を去り、神官になれなどとは一言も……お坊ちゃまが身の置き所なく感じられるのは仕方ありません。ですが、いずれアルトワ家を去るにしても、ひとまずはこのお金で隣国にでも留学なされればよろしいのではありませんか？』

ラシェルは首を横に振った。

『僕に神官は向いていると思うんだ』

『ただ祭事を行うだけではないのですよ、神官は。あの方たちは人間らしい欲の全てを捨て、ただ神に仕えよと求められる……一個人ではなくなるのです。恋愛も家族も財産も、感情さえ否定すると聞きます。そんな生活が果たして楽しいものでしょうか』

『……少なくとも、苦しみはないんじゃないかな』

ラシェルの言い分に、アンヌは痛ましげな表情を浮かべた。

『手紙を書くよ。ね？』

その手紙はたぶん検閲される——神官は、一般人にその生活を知られてはならないのだから。

『お坊ちゃま、どうか考え直してください』

『ばあやの幸せを祈ってるよ』

シェイエ男爵家所有の豪華な箱馬車には、二頭のユニコーンが繋《つな》いであった。

その一角獣らにニンジンを食べさせている御者は、少年期に去勢した者特有の手足の長い華奢な体型だ。無惨なくらいに皺《しわ》だらけな顔なのも特徴の一つ。

ユニコーンなどの特別な獣を操ることが出来るのは、性交をしたことがない少年少女だけなのだ。一生涯御者でいることを希望したこの男は、自ら進んで去勢に至ったと思われた。

神学校においても性欲を耐え難く思った者は、やはり同じことをすると聞く。幸いにもラシェルは淡泊な質《たち》のようで、いまだ空想の女神に身悶《みもだ》えした経験はなかった。

「僕にもやらせて」

ラシェルがニンジンを渡してくれと手を出すのに、御者はうろんな目を向けてきた。

神経質なユニコーンは、気に入らない人間からは餌《えさ》を食べない。それどころか、少しでも気に障ることがあれば荒ぶる生き物である。

「大丈夫だから」

「……分かりました、お坊ちゃま。どうぞ」

ラシェルは御者からニンジンを受け取ると、手ずからユニコーンに与えた。

二頭が差し出されたそれに首を向けたのは……――そう、ラシェルがいまだ清童のままであるからだった。

この年齢まで、性交渉を経験していない貴族の子弟というのは珍しい。

すぐそばにいていざというときに備えていた御者は、その皺めいた顔にあからさまな表情を浮かべることはなかったが、心中では驚いていたに違いなかった。

そして、ラシェルはユニコーンの角にも触れることが出来た。

『誰も追いつけないほど速く走って、僕を神学校の門まで連れていってくれる？』

ラシェルが角ごしに心で語りかけると、ユニコーンたちは快く了承してくれた。

メッセージが流れてくる。

『誰かが追いかけてくるのかい？』

『誰か…そう、僕の気持ちが追いかけてくるかもしれない』

賢い彼らはラシェルの比喩《ひゆ》をも理解した。

『ああ、お前の気持ちが変わる前に神学校に放り込めってことか』

馬車の後ろに荷物を積み終わった。

見送りに出てきた使用人たちに頷《うなず》いてみせてから、ラシェルは馬車へと乗り込んだ。

先に乗り込んでいたシェイエ男爵の傍らに腰を掛け、小窓から今一度生まれ育った屋敷を見る。

もちろん全体は見えるはずもなく、玄関とその周辺だけが小窓に切り取られた形だ。

（……さようなら、僕の家。アルトワ伯爵邸）

だしぬけに馬車が走り出す。

景色が流れ始め、深々と頭を下げた使用人たちがあっという間に窓から消えた。

普通の馬の五倍のスピードで走ることが出来るユニコーンは、神学校までものの数時間で連れていってくれるだろう。

神学校は霊山《れいざん》の裾にあり、王都からは馬を飛ばしても丸二日かかる距離である。

雲を突き抜ける霊山の頂上付近には神殿が、その手前に神官らの住まいや修業場がある。

王都を走り抜け、外れにある貴族の子弟が集うイノセンティア学院の門を過ぎると、ラシェルは窓のカーテンを閉めた。

(さようなら、僕の学校)

ふと視線に気づいた。

シャイエ男爵がラシェルを見つめていたのだ。

どうかしましたかというラシェルの戸惑いがちな視線に応えて、男爵は口を開いた。

「……あなたは本当にベアトリス王女によく似ている。髪の色にしろ、瞳の色にしろ」

ベアトリス王女とはラシェルの母親のことだ。

彼女は前王アルフォンス七世の末娘だったが、物心つかないうちに生母と死別してしまった。後ろ盾となるはずの母親がおらず、また母方の親戚に身分らしい身分がなかったせいで、幼少期は王宮の片隅でひっそりと養育されたという。

幸い、兄である現王アルフォンス八世がそれに気づき、幼い妹に王女に相応《ふさわ》しい教養を授けた。そして、美しく成長した暁には、しかるべき家に嫁がせるべく心懸けたのである。

ベアトリス王女は十八歳になるやならずやの若さで、四十半ばのアルトワ伯爵の後妻に入った。

アルトワ伯爵家は古くからたびたび王室と血縁関係を結び、王家に何事かがあれば、王位を手にしてもおかしくないような名門貴族だ。

当時の伯爵は一粒種のクラレンスを産んだ愛妻が逝《い》って以来、五年もの間独り身を貫いていた。

「王の命を受け、あなたの母上に付き添い、アルトワ伯爵とお引き合わせしたのはこのわたくし。ずいぶん年上だと聞いてか、お可哀想《かわいそう》にベアトリス王女はご緊張なさっていたっけ……そう、今のあなたのようにね」

「……」

「でも、ご心配は無用だったようで……アルトワ伯爵は王女を愛《いと》おしまれ、その証拠に結婚後はすぐにあなたが生まれた。彼の死後、王女が後を追われたのも夫婦仲が格別だったからでしょうな」

男爵の鋭い目を避けるようにラシェルは俯き、皮肉な笑みに口元を歪《ゆが》めた。

(髪も瞳も、僕は父上に少しも似ていない……似るはずもないのだから)

ふと思った——母親がその遺書において、兄以外にラシェルが相談すべき人物として名を挙げていたこの男は、ラシェルの本当の父について知っているのだろうか、と。

(知っているどころか……まさか、彼が僕の父親というのでは?)

顔を上げ、ラシェルはシャイエ男爵の端整すぎる顔を見た。

髪は茶色で、瞳は沈んだ灰色だ。

似ている・似ていない以前に、あの少女めいて可憐な母がこの陰鬱な雰囲気の男に一時でも寄り添うことがあったとは思えなかった。

ラシェルのそんな物思いを知る由もなく、男爵は言った。

「今のあなたは母上にそっくりだが、成人する頃には陛下に似た面差しになるかもしれませんな」

「へ…陛下にですか?」

「なに、伯父に似ることはよくあること」

これは嬉《うれ》しがらせだろうか。

古今東西、アルフォンス八世ほど容姿の際立った君主はいないと言われる。四十代になろうという今もすらりとした肢体は変わらず、優れて目鼻立ちの整った美貌《びぼう》に緩みはない。

国内外の政治の手腕も大したもの。

しかし、後宮は美女と美少年に溢《あふ》れ、幼い王子や王女が毒殺されるのも日常茶飯事という放置ぶりだとも漏《も》れ聞く。

アルトワ伯爵夫妻の葬儀には、かのアルフォンス八世はわずか数分間顔を出しただけだった。

跡取りである兄のクラレンスとは二言三言交わしたが、その隣に控えていた実の甥《おい》であるラシェルには目もくれなかった――もっとも、恐れ入ったラシェルは顔も上げられないでいたのだが。

不意に男爵の手が伸ばされ、ラシェルは思わず身を硬くした。

「！」

「なにもしやしない」

男爵は鼻先で笑った。

「わたくしが悪さをするとお思いかな？　……ちょっと失礼」

頬《ほお》に垂れたラシェルの巻き毛を摘《つま》み、そっと耳にかけてくれた――思いがけないほど丁寧な、優しいと言っていい手つきだった。

「陛下の御髪はもっと濃い金髪だが、巻き毛の具合はちょうどこんな感じで……ああ、少年時代を思い出してしまうな。陛下とわたくしは学院の寮で同室だったので、夜ごとどちらかのベッドで小犬のようにじゃれ合い、疲れ果てて寝入ったものだった」

「……陛下と、ですか」

その意味を思い、ラシェルは瞳を揺らした。

「なに、三十年も昔のことだ。思春期の少年ばかりの寮生活では聞かぬ話ではないでしょう？　あなたが誰の肌の温《ぬく》もりも知らずにいられたのが不思議なくらいだ……――ああ、寮に入らず、通っていたのだったかな」

「はい、家から通っていました」

「なるほどなるほど」

視線が外されるや、ラシェルは深く俯いた。

誘われなかったわけではなかった。しつこい上級生に尾《つ》け回されたこともあったし、教師に空き教室に連れ込まれそうになったこともある。

しかし、守られていた。

不届き者がラシェルに近づこうものなら、兄のクラレンスがラペルピンに仕込んだ小さなドラゴンが飛び出し、彼らを死ぬほど驚かせた。

クラレンスはきちんと訓練を受けたことはないものの、産みの母が魔女だったそうで、いくらか魔法が使えたのである。

学校に棲《す》まう古い精霊たちにも助けられた。

彼らは今ではすっかり忘れられ、使われなくなった隠し扉や抜け道をラシェルに教えてくれたのだった。

「あなたはまだ妖精が見え、話も出来ると聞いたが、本当に？　どのような話を？」

男爵の質問に冷ややかすかのようなニュアンスを聞きつけ、にわかにラシェルはこの自分の後見人に対して嫌悪を覚えた。

妖精の存在を信じない人間は、妖精とまだ関わりのある者を嘘吐《うそつ》き呼ばわりするか、子供じみた空想家とみなして馬鹿《ばか》にする傾向がある。

「……幼い頃、あなたも見たことがあったのではないですか？」

「残念ながら、わたくしは妖精の類を見たという覚えがないな。忘れてしまったのかもしれないが……子供の頃から極めて現実的で、俗な人間だったからなのか、全く記憶に残っていない。まあ、記憶になくても困るようなこともないがね」

「……………」

「つくづくつまらない男だよ」

そう自分を決めつけてみせ、男爵はくっくと一人で笑い出した。

（ど…どうして笑う、の？）

笑う意味は分からないし、冷徹そうな男の上機嫌はどこか不気味だった。

このなんの益もない会話のうちにも、馬車はユニコーンのスピードにきしみながらも順調に進み、神殿をいただく山へと近づいていく……。

ぐんと気温が下がってきた。

無意識にラシェルが身を震わすのに、男爵は紳士らしく膝掛けを寄越した。

「もう数分で到着だが、本当に神学校へ入ってしまうのだね？　少しでも迷いがあるのなら、王都へ引き返してもいい……そう、この近くにあるわたくしの知人の家にひとまず寄っても構わぬが」

優しげなことを言われ、思わず顔を上げたラシェルだったが、男爵の灰色の瞳にちらりとサディスティックな光があるのを見た気がした。

『あなたが望むなら、その背中の白い翼を腐らせてあげてもいい』

そんな台詞《せりふ》を聞いた気がした。

ぞっと這《は》い上がる怖気《おぞけ》を堪《こら》えながら、ラシェルは頭を横に振った。

「大丈夫、迷いはございませんので」

小声ながらきっぱりと言い、最後の躊躇《ためら》いを自ら振り払った。


特別に、シャイエ男爵の馬車は敷地内に入ることを許された。

しかし、それ以上の特別扱いはされず、玄関の中より先に入ることは許可されなかった。シャイエ男爵は立ったままで、学校長である上級神官にラシェルを託した。

「この少年ラシェルは、アルフォンス八世の妹ベアトリス王女がアルトワ伯爵との間にお産みに……いやいや、失礼。ここではもう貴族という身分も捨てねばならないのでしたな」

「はい、ここではただの神学を学ぶ学生となります。神官になるときに、新たに名前が与えられるでしょう。それまではただのラシェルです。ご心配は分かりますが、やんごとなきお生まれの方もだんだんと馴染《なじ》んでいきますよ。最初は何事も手取り足取り丁寧にお教えしますので、心配はご無用です」

新たに、奥からもう一人若い神官が現れた——艶やかな漆黒の髪に白皙《はくせき》の美貌である。

上級神官と同様のぞろりとした黒い長衣を着ているが、その袖の白線はまだ一本のみだ。

神官になる前の名前はオルス・ベロー。

ラシェルの兄の学生時代のクラスメートで、かつ一昨年は教師としてイノセンティア学院に神学を教えに来ていた。

自分のペガサスとラシェルがコミュニケーションを交わしているのを見かけ、神学校に入り、将来は神官になってはどうかと勧めたのが彼なのだ。

顔見知りのオルスを目にしてラシェルがリラックスしたのと同時に、男爵は声のトーンを少し上げて呼びかけた。

「おや、オルス・ベローくんではないか！　ずいぶんと久しぶりだね」

「ご無沙汰いたしてしまいました、男爵。お元気そうでなによりです」

「おや、ボーヌ神官。シャイエ男爵とお知り合いでしたか」

神の使徒の一人と同じ名前を与えられ、オルス・ベローは今ではボーヌ神官と呼ばれている。

若い教師役は校長に説明した。

「シャイエ男爵の末の弟のアランくんが、イノセンティア学院の寮でわたしと同室だったのです。夏休みには男爵家所有の別荘で遊ばせていただいたことがございました」

「それはそれは」

「きみがなんの相談もせずに退寮し、神学校に入ってしまったからアランはとても落ち込んでいたよ。きみのことが大好きで、もっと一緒に青春時代を過ごしたかったみたいだからね」

俗な匂わせにどきりとしたのはラシェルだったが、当のボーヌ神官のほうは顔色一つ変えなかった。

男爵はなおも言った。

「その落ち込みようときたら、医学大学への入学を一年見送ったくらいで……」

「アランの幸せを祈っていますよ、竹馬の友として。彼は民草の役に立ちたがっていましたから、スタートが少々遅れようと立派なお医者になっているに違いありません」

「立派かどうかは知らないが、診療鞄《かばん》を手に飛び回っているな。貧しい家からは診療費も取らずに、まるで慈善事業だ」

「それでいいのです。神はきっとアランの行いを見ておられますよ」

爽やかに微笑《ほほえ》む若い神官に、男爵は小さく鼻を鳴らした。

それ以上は彼に構わず、ボーヌ神官はラシェルに向き合った。両手を差し出し、ラシェルがそれに手を乗せた途端にぎゅっと握った。

温かい手だった。

「よく来たね、ラシェル。きみの入学をずっと待っていたんだよ」

自分が正しい選択をしたのだと感じられ、ラシェルはほっと息を吐いた。

ラシェルが目指すべき存在は彼だ。

ボーヌ神父は二十代半ばながら、生涯を神に仕えると誓った者らしい冴《さ》え冴《ざ》えとした空気を身に纏っていた。

兄と一緒にいるときのような安心感に包まれた。

彼の穏やかなブルーグレイの瞳と兄の情熱的なエメラルドの瞳は似ても似つかなかったが、ラシェルは保護者然として自分の前に立つ若い神父に兄を重ねずにはいられなかった。

心の中で兄に謝った。

（兄さま、相談しなくてごめんなさい。でも、僕は神の側にいたいのです。生まれたときから罪深いこの身を許し、清められることを願っています）

アルトワ家代々に受け継がれる燃えるような赤い髪を持ち、いざというときの大胆な行動と明晰《めいせき》な頭脳が身上の兄クラレンスはラシェルの憧れだった。

どうして兄に似なかったのだろうと唇を嚙《か》んだこともあった。血の繋がりがないことに、よもや思い至ることもなく……。

似るはずはなかったと今は知っている。

そして、今後はもう弟として顔を合わせることもないだろう。

ラシェルはボーヌ神父に微笑みかけた――神学校の学生らと神官は、疑似家族とでも呼ぶべき親愛の情で結ばれる。

「ウィングは元気にしていますか？」

ボーヌ神官のペガサスのことである。

「ああ、とても元気だよ。後で馬屋にも案内してあげようね。ブラシをかけてやってくれるかな？」

「ぜひやらせてください」

二人の会話の傍らでは、袖に三本の白線を持つ校長とシャイエ男爵が話している。

「このボーヌ神官がラシェルを預かることになります。ラシェルは幻獣や妖精と接することが出来るそうですから、みなに遅れての入学ではありますが、きっと早くから神の声を聞くでしょう。いずれ偉大な神官になるやもしれません」

「偉大な神官…ですか」

言葉をなぞり、男爵が皮肉に口元を歪めたのを見たのは校長だけだった。

「こういう才能は稀有《けう》なもので、努力して得られるものではありませんよ」

「失礼、冷やかすつもりはなかったのですが……わたくしのような俗な人間は神の気配など感じるべくもないものですから。どうかラシェルをくれぐれもよろしくお願い申し上げます。ああ…そうだ、こちらをお納めください」

男爵が差し出した封筒には、恐らく少なくはない金額を書き込んだ小切手が入っている。

「お心遣いに感謝いたします」

すべきことを終えた男爵はラシェルを振り返った。

「わたくしはもう行こう。ラシェル、どうか元気で過ごされよ」

「あ…ありがとうございました」

マントを翻し、男爵は馬車止めへと向かった。

ボーヌ神父と一緒にラシェルも外に出て、シャイエ男爵のユニコーンに引かれた馬車が素晴らしい速さで走り去っていくのを見送った。

こうしてラシェルは家名を捨て、神官になる第一歩を踏み出したのである。

*

王都から、普通の馬を飛ばして四日半のところに、アルトワ伯爵領はある。

南西向きの風通しのよい明るい丘陵地には、遠くまで葡萄《ぶどう》棚が広がっている。

父が亡くなり、伯爵位を継いだクラレンスは、最初の仕事として領地の視察を行った。

両親の死は突然であり、彼はまだ悲しみと向き合う余裕さえなかったが、やらねばならないことはすぐ目の前にあった。

管理を任せている町長とワイン工場の工場長と顔を合わせ、今年の葡萄の収穫の予想とワインの生産量について話し合った。

アルトワ伯爵領の主な収入源はワインである。

先々代の頃からは国外にも広く販売するようになり、深みのある味に高値がついた。

その他、放牧している羊の毛で作った毛織物、牛や豚などの精肉もまた盛んである。

近年は特に養豚に力を入れていて、黒豚にワインを含ませた飼料を食べさせ、柔らかくて色つやの良い上質の肉を出荷していた。

父そっくりの赤い髪と緑色の瞳をした新伯爵は、この視察に美しい婚約者を伴っていた。

試飲用のワイングラスを手渡しながら、工場長はカロリーヌ・レ・ベルトラン嬢を褒め称《たた》えた。

「我らが伯爵家は代替わりをしても、ワインの美味《おい》しさと奥方の美しさは変わりませんな」

「うん、カロリーヌはこのワインさながらだな。一見したところ軽くて華やかなのに、後にくる渋み……ほんの少しの澱《おり》が舌先に触れる感じがわたしの好みだ」

褒められたカロリーヌはくすりと笑った。

「赤ワインみたいなのは、クラレンスのほうじゃありませんか。燃えるようなその髪……」

「どちらも赤ワインのように華やかということで、実にお似合いですよ。で、お二人のご結婚はいつになりますかな？」

「ウェディング・ドレスが仕上がったら、すぐにでも……と言いたいが、喪が明けるまでは待たねばなるまいな」

「お目出度《めでた》いことです。しかし……ああ、亡くなった伯爵さまは坊ちゃまの結婚式をご覧になりたかったでしょうなあ」

工場長が太鼓腹を震わせて嘆いたとき、さっと頭上が翳《かげ》った。

その場にいた者たちは一斉に空を見上げた。

神官を乗せた幻獣ペガサスが三頭、青い空を横切っていく。

「葬儀があるんだって、夕方」

誰かが言った。

「二日前、咳《せき》が止まらなくなる病にかかった赤ん坊が死んだんだ。まだ半年にもならない可愛い子だったってのに……」

これを聞きつけたクラレンスは、急遽《きゅうきょ》葬儀に出席することにした。気を遣わせることになるかもしれないが、領主である自分が冥福を祈れば、母親も少しは慰められるに違いない。

クラレンスは町長と工場長にいとまを告げると、婚約者に手を貸して二輪馬車に乗せた。

自ら手綱を握り、馬車を走らせていく。

長閑《のどか》な田舎《いなか》道が続いた。

「……あたくしの父は、領地に赴くことはあまりなかったわ。信頼出来る管理者を見つけてあったから」

　都会育ちのカロリーヌは欠伸《あくび》を嚙み殺し、つまらなそうに口にした。直接的には言わないが、平民の葬儀に出るよりも城に戻ってティータイムにしたかったのだ。

「ベルトランの領地は東のほうだったな」

「なんにもないところよ」

「確か、温泉があったと思ったが？」

「あるにはあるけれど、あたくしはあの匂いが好きではないのよ。ご先祖さまがなぜあの土地を拝領するのを望んだのか、全く分からないわ」

「温泉はいいじゃないか。狐《きつね》狩りの後に浸ると疲れがとれる」

「狐狩りは好きよ」

「それはいい。わたしはきみの勇ましい乗馬姿が見たいよ」


目を合わせ、二人は口づけた。

　少し我《わ》が儘《まま》なところはあるが、楽しいことを好むカロリーヌは可愛がるに値した。ピアノを弾くのが得意で、王妃のサロンに呼ばれるなどするために顔も広く、社交的なところがまたいい。

　それ以前に、栗《くり》色の巻き毛に縁取られた愛らしい顔は、あらゆる男たちの目を惹《ひ》く類のものだ。

　家柄も申し分ないし、教養もそれなりにある。プライドの高さも相俟《あいま》って、未来のアルトワ伯爵夫人として不足はなかった。

　ぴったりと二人身体を寄せ合って馬に揺られているうち、クラレンスは葬儀に行くのはやめて、そこの草むらの中にでも隠れたい気分になってきた。

　カロリーヌは戸外で抱き合うことを嫌がる素振りを見せるだろうが、すぐにこの趣向に楽しみを見出《みいだ》し、腕の中で鮮やかに乱れてくれるだろう。

気忙《きぜわ》しかったこの十日間、ずっとそんな気分にはなれなかった。両親の死は悲しいが、遺された者はどこかで振り切り、生きていかなくてはならない。くくっと喉を転がすようなカロリーヌの笑いを思い出し、クラレンスは馬の速度を緩めた。

葬儀に行くのはやめようかと言い出しかけたときだった。

（おや？）

すぐ横から封筒が突き出された。

「速達だよ、ダンナ！」

小型の翼獣ガーゴイルが馬車に寄り添って飛んでいるのに気づいた。その背に乗った十二歳くらいの少年郵便配達員が封筒を手渡そうとする。

「あぁ、ありがとう」

クラレンスはポケットにあった小銭と引き換えに、その封筒を受け取った。

「うお、銀貨だ！」

少年はチップには多すぎる金額に歓喜を叫び、上空に舞い上がっていった。

「どなたからですの？」

カロリーヌが封筒の宛名を覗《のぞ》き込んできた。

「アラン・レ・シャイエ……っていうと、確か男爵家の末っ子で、お医者さまになった方だったかしら」

「ああ、学生時代の友人だよ。一度きみに会わせたことがあっただろう？　しかし、なんだろうな、わざわざ速達を寄越すなんて……――」

クラレンスは馬車を止めた。

ビリリと指で封筒を破り、便箋を取り出す――わずかに消毒薬の匂いが漂った。

『親愛なるクラレンス、季節の挨拶は省略させてもらうよ』

書き出しからして、万事に丁寧なアランらしくなかった。文字もいくらか乱れている。

なにか差し迫ったことが起きたのだと踏まえながら、クラレンスは本文に目を走らせた。

アランの兄であるシャイエ男爵を後見人として、ラシェルが神学校に入ろうとしているが、きみは承知しているのかとアランは問いかけていた。承知するわけがないと思うから、きみは知らないのだろう、と。

(……な、なんだって?)

その内容たるや、クラレンスにとっては青天の霹《へき》靂《れき》だった。

父母の葬儀の間、さすがに弟は沈んでいたが、神学校に入って神官になりたいなどとは言っていなかった。

二週間ほど休んでから、またイノセンティア学院へ通い始めるはずだった。


(ラシェルはどういうつもりで……――)

なんの相談もされていない。

ふわふわした金髪で淡いブルーの瞳のあどけない弟を思い浮かべ、クラレンスはわけが分からないと首を左右に振った。

このとき、クラレンスがイメージしたのは、わずか十歳ほどの幼いラシェルである。最近の姿を頭に思い描くことが出来ないのはなぜだろう。

妖精と遊び、いろいろな種類の鳥の鳴き声を口笛で真似《まね》ることが出来た小さな弟。勉強はあまり好きではないようだったが、フルートを吹くのは得意だった。褒めると、そんなことはないと小さく首を横に振る仕草が愛らしい。

そろそろ十八歳になろうという彼がなにも考えていないわけはないのに、クラレンスはいまだラシェルを対等の話し相手とみなしていなかった。

両親の死をもっと二人で分かち合うべきだったのかもしれない。

突然のことでクラレンス自身が狼狽《うろた》えていたし、すぐに葬儀を手配し、伯爵家を背負わねばならない立場だった。

便箋を広げるクラレンスの指はわなわなと震えた。神官という職業について、クラレンスはあまりよいイメージを持っていない。

アランとの共通の友人であるオルス・ベローが神学校に入ると決めたとき、それは現実逃避だろうと詰《なじ》ったくらいだ。

アランの恋情を受け止められないと悩むオルスは肯定してやれても、人間社会の汚さに耐えられないと背を向けてしまったことについては理解出来ない。

清濁合わせ持つのが人間で、それらの比重の多少がその人の個性ではないのかとクラレンスは思っている。そういう人間たちが集まって構成されている社会を、汚いの一言で吐き捨ててしまっていいものか。

そして、そんな愛すべき人間という生き物を造っておきながら、直接自分に仕える神官らには清廉潔白に生きよと要求する神というものにも疑問を抱いている。

神は本当にいるのだろうか。

悪さをする人間への抑止力として、誰かが作り出した架空の存在ではないのか。

クラレンスは弟のラシェルが神殿に隠れて生きることを良しとは思えなかった。

(生涯誰とも肉体的に交わることは出来ないし、賭《か》け事も飲酒も許されないのだぞ。そんな生活が楽しいと?)

幼いがゆえの潔癖さのみで決断してしまったのか

もしれない。

両親を失った悲しみを耐え難く思い、神に救いを求めたのだろうか。

クラレンスはひらりと馬車から飛び降りた。

「どうかなさって？」

カロリーヌの問いかけに答えず、シャツの中からいつも首に提げている笛を取り出した。

クラレンスは思いっきり笛に息を吹き込んだが、音は鳴らなかった——ただ、人間には聞き取り難い、細い高音が笛から飛び出し、空気を突っ切っていった。

間もなく、馬車の幌《ほろ》を掠《かす》めるようにして、なにか巨大なものが勢いよく飛んできた。

それは大きく空を旋回した後、砂埃《すなぼこり》を巻き上げつつ、クラレンスのすぐ側に降り立った。

「！」

驚きと怖《おそ》れのあまり、カロリーヌは声にならない悲鳴を放った。

ぷん…と生臭い匂いと共に、緑色の鱗《うろこ》に覆われた雄ドラゴンが現れた。

ドラゴンは怯《おび》えた娘には目もくれず、主人であるクラレンスの脳に直接語りかけた。

『お呼びかな？』

彼の名はフェイだ。

魔女だったクラレンスの母親が自分の命が尽きるのを悟ったとき、息子の生きている限りのしもべであれと魔力で縛ったのである。

多くの人間はドラゴンを架空の獣だと思っているが、三千年以上の寿命を生きる彼らは高い山の洞穴にひっそりと暮らす。

正確な生存頭数は確認されていない。

国同士の諍《いさか》いが耐えなかった遠い昔は、王家に伝わる呪文や呪具によって操られ、兵隊と共に戦場に赴いた最強最大の騎獣であった。

しかし、もう数百年ほど戦争がない。

フェイは血生臭い戦いを忘れ、ときどきこの少々無鉄砲な若者の遊び相手をするばかりだ。

フェイと話すのにクラレンスも言葉を使わない。

『ラシェルを止めねばならないんだ』

説明はせず、彼に記憶を読むのを許した。

フェイはすぐに状況を把握した。

『神学校の門前に達する前に追いつければいいが、中に入られてはどうにも出来ない。悪戯《いたずら》者の妖獣や妖精なんぞを嫌って、神官どもが何重にも結界を張っているからな』

『お前でもあそこの結界は破れないのか？』

『まあ、穏やかな方法では無理だ。なにもかもを破壊するつもりでないと』

クラレンスがフェイの背に飛び乗るのを見て、カロリーヌは叫んだ。

「クラレンス、どこへ行くの？　あたくしをここに置き去りにするおつもり!?」

「きみは馬車を操れるだろ？　気をつけてお帰り」

「もう！　あなた、ひどいわ」

カロリーヌは喚《わめ》き立てたが、フェイが羽ばたきする音に掻《か》き消され、クラレンスの耳には届かない。

『お前、あの娘にふられるんじゃないか？』

フェイはからかうように笑ったが、クラレンスは気にもとめない。

『カロリーヌがそうしたければ、他の男を選んでもいい。別に、男なんて星の数ほどいるんだからな』

『お前はあの娘じゃなくてもいいのか？』

『いいに決まってるだろ、女だって星の数ほどいるんだから』

そうあっさり言ってのけたクラレンスに、賢いフェイは皮肉を浴びせた。

『予言しておいてやるよ。そのうち、お前が選べる女は一人もいなくなるだろうってな』


フェイは飛ばしに飛ばしたが、ラシェルの神学校入りには間に合わなかった。

王都に急ぎ戻るシャイエ男爵の馬車を見下ろしながら神学校の真上まで来たが、ある高さから下へは降りることが出来なかった。

神官も魔女と似たような術を使う。

魔女は自分の裁量で魔法を使用するが、神官は神の名のもとに神殿と自分たちを守るためにしか術は使わないとされる――フェイからすれば、どちらも同じものでしかないが。


仕方なく、門前に降り立ち、クラレンスは門番に弟のラシェルと面会させて欲しいと頼んだ。

しかし、あっさりと拒否された。

「入学を希望し、受け入れられた者にはもう家族は存在しません。面会を希望するならば、手紙でその旨を学校長宛てにお出しください。学校長の裁量で面会日時が知らされるでしょう」

それで納得出来るはずもなく、しつこく押し問答を繰り返した。

ついには力尽くで門を開けようとしたところ、なにやら威厳のある年配の神官が現れた。

「伯爵ともあろうお方が、無理を通そうとなさいますな」

諫《いさ》められてしまった。

「ラシェルは…弟は、なにか勘違いをしてここに入学してしまったのだと思うのです。兄のわたしは相談すらされていませんでした」

「弟御は後見人の方と一緒に入学手続きに来て、納得の上で神に身を捧げるという誓いの血判を押しました。はて、勘違いとは思われませぬが……」

「弟は幼くて、世間知らずなのです。まだ自分のことを自分で決められるとは思いません」

「ラシェルは十八歳になられる。大抵の者は十六かそれ以前にこの門を潜《くぐ》りますよ」

呆《あき》れたように言われ、さすがのクラレンスも怯んだ。

「なかなか弟思いの兄上とお見受けするが、それほどにご心配なさいますな。悪いようにはいたしません。ぜひ我々にお任せくださいませ。数年の修行の後には立派な神官になるはずです」

「せめて…一目だけでも会えませんか？」

最後の懇願も「規則」という言葉の前に退けられてしまった。

諦めるしかないのだろうか。

『穏やかならざる方法を取るかい？』

フェイの言葉が頭の中に響いたが、それはさすがに憚《はばか》られた。

ドラゴンのフェイが目的のままに突き進めば、神学校の壁・建物の全てが粉々になってしまうだろう。神学校は歴史的な建築物である。

とりあえず、今日のところは王都の屋敷に戻るしかない。

「わたしともあろう者がなんと間抜けな……！」

苦々しく呟《つぶや》いたのに、フェイが慰めるでもなく言った。

『大人の分別を見せたと思うがな』

「大人の分別…ね」

クラレンスは皮肉っぽく笑ったが、腸《はらわた》が煮えくり返っているのはフェイには分かっただろう。

都の外れで、クラレンスは相棒の背中から降りた。フェイの巨体は町を混乱に陥らせかねないので、このへんで別れるのがまた分別というもの。

少し歩いてから、クラレンスは辻馬車を拾った。

馬車に揺られながらも、近日中にどうにかしてラシェルに会い、神官になろうなどという考えを改めさせようと考えていた。

亡き父と義母に申し訳が立たない。自分たちに何事かあったら、まだ年若い弟を頼むと常々言われてきたのだ。

(貴族に生まれ、何不自由なく暮らせるのに、なぜ神官などになりたがるんだ……?)

規則だらけだという神学校の暮らしもそうだが、神官として生きることは人間の本質に逆らうようで賛成出来かねる。

たった一回の人生を楽しまなくてどうするのかと思う。

領主の仕事は必ずしも楽しいわけではないものの、美酒美食を口にし、気に入った女性を抱き、音楽や絵画、観劇に親しむための手段だと思えばいい。

馬車がアルトワ伯爵邸の外壁の横に来たとき、クラレンスは重い荷物を手に繁華街の方へと向かう老女に目を止めた。

「おや、アンヌじゃないか!」

ラシェルの母であるベアトリス王女の乳母であり、輿入《こしい》れのときも王宮から付き添って来た側仕えである。

ラシェルが生まれてからはラシェルの乳母となった。

アンヌが休みを取るなどとは、クラレンスは聞いていなかった――が、ラシェルが神学校に入ったこのタイミングで、ちょっとした旅行に出ようという気になったのかもしれない。

馬車から降り、アンヌに歩み寄った。

「こんな時間にどこへ行くのだ?」

「あれ、クラレンス坊ちゃ…いいえ、旦那さま。一週間ほど領地にいらっしゃると聞いてましたが……」

「少々用があって、急遽こちらへ戻ってきたんだ」

ラシェルが神学校に入ると聞いて慌てて舞い戻ったなどとは言わず、クラレンスはアンヌの重たそうな荷物に手を伸ばした。

「まあまあ、旦那さま! お手を煩わせるわけにはいきませんよ」

「こんな大荷物を手に、どこまで行こうというのだ?」

「今夜は…どこか適当なホテルに泊まり、明日の朝早くに妹が住まうセント・グロリアへ向かうつもりです」

「変なホテルになんぞ泊まらず、明日の朝に発《た》ったらよかろうものを……誰も出立の物音なんか気にしやしない」

アンヌは俯いた。

「……実は、今日いっぱいでお暇をいただいているのです。旦那さまはいらっしゃらなかったので、ベルナールさんにお話ししました」

「辞める? なぜだ?」

「なぜって、アンヌがお世話すべき方がもういらっしゃいませんから……」

途方に暮れたように彼女は言った。

「ラシェル坊ちゃまにお金をたくさん頂戴したので、田舎でのんびり暮らそうかと思っております。アルトワ伯爵家には長々とお世話になりました。旦那さまもどうかお元気で……──」

　アンヌはクラレンスの手から荷物を取り上げようとしたが、クラレンスは許さなかった。

「アンヌはラシェルがどうして神学校なんぞに入ったのか知っているのか？　もちろん、反対してくれたんだろうね？」

「……………」

　アンヌは立ち止まって、一層深く首を垂れた。

「神学校へ行くことがラシェル坊ちゃまの心の救いとなるなら、ばあやに反対なんて出来ません」

「どういうことだ？」

「ラシェル坊ちゃまは旦那さまにお手紙を残されています。お屋敷に帰られたら、それをお読みになってくださいまし」

　アンヌは荷物を渡して欲しいとクラレンスに言った。

　クラレンスは拒否した。

「アンヌ、今夜のところは一緒に屋敷に戻ろう。まずはわたしがその手紙に納得しなければならない。ラシェルがいくら渡したのかは知らないが、本当に辞めるのなら、長年お義母上《ははうえ》さまに仕えたアンヌにアルトワ家としても退職金を出さないわけにはいかないぞ」

　クラレンスはアンヌの荷物を持ったままスタスタと屋敷に向かって歩き出した。

　他にどうすることも出来ずに、アンヌはとぼとぼとついて歩く。

「だ、旦那さま」

　ややあって、彼女は背後から呼びかけた──涙声だった。

「ラシェル坊ちゃまは正しいことをなさったと思うんですよ」

「それはどうだろうな。アルトワ家の者は神に仕えなくてもいい。どうにかして、わたしはラシェルを神学校から連れ戻すつもりだよ」

「それは出来ません……なぜなら、違うからです。お二人は違うのですよ」

「違う？　わたしのほうが長男だってことか？」

クラレンスは振り向いた。

しばしの逡巡《しゅんじゅん》の後、アンヌは囁《ささや》くほどの声で言った。

「……ラシェル坊ちゃまは、伯爵さまのお子ではないのです。それを知ってしまわれた」

「！」

クラレンスにしても初耳である。

「あなたさまとは血の繋がりはないのですよ、ラシェル坊ちゃまは。伯爵家の血筋ではなかったのを知ってしまわれた。ですから、母上亡き今、もはや弟君として扱っていただくわけにはいかないと……——」

「そ…そんなひどい嘘はないぞ」

信じられないと緑色の瞳を揺らしながら、クラレンスは引き攣ったような笑みを浮かべた。

これといって外見にアルトワ家の特徴がないラシェルだが、屋敷で生まれた可愛い小さな弟が父の子ではないなどと思ったことは一度としてない。震える唇で老いた乳母は言葉を紡いだ。

「ア…アンヌになんの得があって、このような嘘を言いましょう」

「父上は……——」

知っていたのかと問いかけたものの、口に出すことは憚られた——父に対する侮辱になりそうで。

「ラシェルの本当の父親は誰なんだ？」

アンヌは首を横に振った。

「存じません」

「お前が知らないわけはないだろう？」

どんなに激しく問い詰めようと、アンヌは首を横に振り続けるばかり――知らない、と。

おそらく、彼女は慈しみ育てたベアトリス王女の秘密を墓場まで持っていくつもりなのだ。

＊２＊

神学校の朝は早い。

鳴らされたドラで一斉に起き、着替えて、それぞれの朝仕事に取りかかる。

下は十四歳から上は二十歳《はたち》まで、およそ二十名の共同生活だ。

神学校の高い塀の内側は、神に仕える決意をした者以外を入れないのが原則なので、掃除・洗濯・炊事は寮生たちが持ち回りで行う。

畑で野菜を栽培し、牛・豚・鶏《とり》を育てるのも仕事の一つ。

神学校の学生および神官らは、昔からほぼ自給自足の生活をしている。

今週は、牛の世話がラシェルの仕事である。

糞《ふん》を片付けて藁《わら》を敷き直し、餌をやる。

乳搾りはまだ得意とは言えないが、とりあえず牛の傍らに身を屈《かが》めることには成功した。

順番に指を折り曲げていくと、白い乳が線になって桶《おけ》に落ちる。

「ラシェル、大丈夫？」

心配そうに声をかけてきたのは、同じ部屋に寝起きする十六歳になる少年だった。

「お、なかなか順調だね……桶がいっぱいになったら、声かけて。一緒にキッチンまで運んでいこう」

「うん、少し待ってて」

朝仕事が終わったら、食堂でみんな一緒に朝食を食べる。新鮮な牛乳と焼きたてのパン、ほんの少しのジャムだけだが、それでなんの不満もなかった。

食事を済ませた者から学生用の黒い筒のような制服に着替え、聖堂へと移動する。

まずは朝一番の祈りと歌を神に捧げて、今日一日を清く正しく生きると約束する。

午前中は、一定の学科を終えていない者と終えた者に分かれる。終えた者は古い聖典をテキストに、いにしえの祈りの文句を唱えられるように練習する。今は失われて久しいヴァロノ語だ。

ラシェルは学科を概《おおむ》ね終えていたので、入学してすぐから古い聖典を手にした。聖典には小さな妖虫が寄生しており、これらがラシェルにヴァロノ語を教え、導いた。

ラシェルがたった一か月で一冊を終えてしまったことに、ボーヌ神官は驚いた。

「素晴らしい！」

発音すら完璧だった。

彼はラシェルの手を取り、その甲に唇を押し当てた——神官たちがお互いにする最上の友愛表現である。

「きみをここへ誘ってよかったと思う。誇らしいよ、ラシェル」

「ああ、オルスさん……！」

にわかに胸が熱くなり、ラシェルは思わず神官の以前の名前を口にしてしまった。兄の友人だったときの彼の名を。

すぐに気づいて、慌てた。

「ご、ごめんなさいっ」

「構わないよ、二人っきりのときはオルスでも」

ボーヌ神官は微笑んだ。

「わたしはオルスであったときのことを忘れたわけではないのだからね」

その優しげな眼差《まなざ》しに、ラシェルはボーヌ神官に兄を重ねた——ラシェルに対する保護者の目だ。

しかし、兄クラレンスはラシェルを褒めたことはほとんどない。大人しくて繊細で、奥手なラシェルの理解者では必ずしもなかったのである。

才気煥発《かんぱつ》なクラレンスに較《くら》べ、ラシェルは学業成績にしろ、運動能力にしろ、あまりにも凡庸だった。兄は弟に概ね優しかったが、不甲斐《ふがい》なく感じていたとしても不思議はない。

ラシェルは兄に認められたかった。よく出来たと褒められたかった。

この胸に秘めた願望が叶《かな》えられた気がして、ラシェルは兄に対する愛情をそのままボーヌ神官へと向けたのだ。

ボーヌ神官もラシェルの気持ちを温かく受け取った。

「さあ、食堂へ行こう。そろそろ昼食の時間だよ」

昼食は卵料理と野菜だけのスープ、そしてパン。質素だが、仲間と囲む食事は美味である。

午後からは、もっぱら神官になるための実践的な学習と訓練が行われる。

聖典の中身を勉強するのはもちろん、繰り返し唱えることでいくつもの聖句を頭に入れる。

神官が行う祭事の意味や儀式の順序、そして準備について知らねばならない。

その他、星座や方角、色による吉兆の占い方を学び、簡単な術を身につける。

馬に乗る訓練もある——山の上にある神殿に行くには、ペガサスの背に乗せて貰《もら》わねばならないからだ。

そして、あまり知られてはいないことだが、神学校の学生と神官たちはそれぞれ自分に合った護身術を身につけることが推奨されている。格闘を得意とする者もいれば、剣術や弓矢の腕を鍛える者もいる。

国同士の諍いが多かった時代に、北方の守りを担っていた名残である。地方へ祭事に訪れたときなどに、献金や土産《みやげ》物を狙って襲ってくる暴漢に対抗する備えでもあった。

日が暮れる前には、畑仕事と動物の世話、洗濯物を取り込むなどの夕方の作業をしなければならない。

夕飯は肉の入ったとろみのあるスープとパンだ。週末には、デザートとして果物や乳製品などが添えられることもある。

食後は聖堂にて一日の終わりの祈りと歌を捧げ、反省と瞑想《めいそう》。無事に過ごせたことに感謝する。

その後にわずかな自由時間がある。しかし、行水するか身体を拭くかするのが精一杯で、あっという間に就寝時間になってしまうのが常だった。

ほぼ毎日これが繰り返されるのが、神学校の寮生活である。

張り裂けそうな心を抱えて入寮したラシェルには、多忙と規則正しさは救いだった。

知らないこと、経験のないことでは戸惑う場面も少なくなかったが、教師であるボーヌ神官や学友たちにフォローされた。

夕飯が終わる頃には疲れ果て、ラシェルはベッドに横たわった途端に夢も見ずに眠った。

月日は動いた。

気がついたときには、三か月が過ぎようとしていた——アルトワ家のことも、直前まで通っていたイノセンティア学院のことも思い出さないまま。

貴族の子弟として過ごした日々は遠い過去となり、

両親の死のショックも母親の衝撃的な遺書の内容すらも和らいでいた。

兄のクラレンスに黙って屋敷を出たことに、いまだ胸はちくりとするものの、自分が神官になるのは必然だったのだと思い始めていた。

母親の不貞を知ったことは、ここに来るためのきっかけでしかなかったのかもしれない。

塀の外に対し、未練は不思議なほどなかった。

学院の中でさえ、身分や財力、学力、容姿…といったせめぎ合いがあった。大人になれば、もっとあからさまな争いの中に巻き込まれることになるのだろう。そういう場所に身を置かなくて済むのは有り難かった。

一度だけ乳母のアンヌから手紙が届いた。

神学校の寮にいる間は塀の外を知る必要がないという規則から、その文章の大半が塗り潰されていた。

手紙の内容は少しも分からなかった。

しかし、ラシェルとしては、アンヌが生存していることだけで満足だった。

（心配しないで、ばあや。僕はこれまでのどこよりも快適に暮らしているよ）

少なくともラシェルは孤独ではない。

神に生涯を捧げようと集まった者たちは総じて真面目で、思いやりがあり、彼らを家族のように思うのは苦ではなかった。

このときのラシェルは、老いた上位の神官たちの出世争い——抑圧された性欲が自己顕示欲として発現したものか、熾烈《しれつ》なまでの蹴落とし合いがあるとはまだ知る由もなかったのである。

春が終わり、汗ばむ季節となった。

その日、夕飯を終えたラシェルが中庭に面したベンチで夏虫の声に耳を傾けていると、ボーヌ神官が探しにきた。

「ラシェル、明日は午前中から出かけるよ。ここへ来て、初めての外出になるね」

「どこへ行くんです？」

「十年ぶりに、霊山の中腹の原っぱにペガサスの群れが来るらしい。予知が出来る神官が見たんだよ。ここのペガサスたちを連れていき、繁殖行為をさせてやらねばならない。きみはまだ生殖行動をしない若いペガサスの中に、自分のパートナーを見つけられるかもしれないね」

「僕、ペガサスが持てるんですか。まだ入学して三か月しか経《た》っていないのに……いいんですか？」

「きみは秋にはもう下級神官になる試験を受けることになるだろうね。コラール上級神官がきみに早く神官位を与え、神殿にある最も古い聖典を読ませてみたいと言っておられるから」

もっと修業を積んでからのほうがいいとラシェルが思っても、時期を決めるのは上級神官たちだ。

「……ねえ、オルスさん」

「なんだい？」

「僕はいい神官になれるでしょうか？」

「なれるよ」

ボーヌ神官は請け合った。

「きみはわたしよりもずっと素晴らしい神官になれるだろう。わたしはどうしても過去を見てしまうけど、きみは前を向いているからね」

「神の声を聞いて、みんなにそれを知らせたいです。よりよく生きる方法がそこにある」

「そうだね」

「そのために、僕は身も心も清らかであらねばと思っています」

今日はラシェルがオルスの手を取り、その手の甲に唇を押し当てた。

「一緒に歩んでくださいますか？」

「喜んで」

顔を見合わせ、微笑む二人を月光が照らしていた。ラシェルの金髪が輝いて、光の輪のようにその小さな整った顔を囲んでいるのはどこか神々しい。

ボーヌ神官は思った。

（本当に…この子は力のある神官になり、民の心を平安に導くことになるのかもしれないな）

＊

ラシェルが神学校の寮生活を満喫しているとはいざ知らず、クラレンスはどうにかしてラシェルを塀の外へ出そうと躍起になっていた。

門番の指示通りに学校長に手紙を出すも一向に返事は貰えず、再び門前にて門番役の神官と押し問答となった。

妙な術を使われ、地面に這い蹲《つくば》らされもした。

あまりの屈辱にフェイをけしかけることを考えたが、そこはフェイ自身に宥《なだ》められた——神官らを敵に回すのは利口ではない、と。

気を取り直し、ラシェルの後見人であるシャイエ男爵に掛け合った。

無情にも、それはいとも簡単に退けられてしまった。ラシェルが自分で選んだ将来だからと、彼は協力するつもりはないと言い切ったのだ。

ダメでもともと…と、クラレンスは国王アルフォンス八世に訴状をしたためた。

古来より、王は神官らの動向に口を出さない。政治と宗教は微妙なバランスで並び立っているものなのだ。

そうでなくても、政務と子作りに忙しい王が、馴染みの薄い新伯爵の個人的な望みに興味を持ってくれる可能性は薄い。それを承知で、思いつくことはなんでもしてみようとクラレンスは決心したのであった。

王宮からなんらかの形での返答が来るのを待っているところへ、ようやっと神学校の学校長から短い返事が届いた。

『いにしえからの規則により、入学して半年は面会や敷地外への外出は相成りませぬ。ゆえあってのこととして理解されたし』

ゆえあってのこと…とは、入学者の迷いや未練を断ち切るという意味合いに違いない。

閉鎖的なところで厳しい修業や義務を課され、大きな淡いブルーの瞳から大粒の涙を流すラシェルを想像し、クラレンスは手をこまねいている場合ではないと思った。一刻も早く弟を塀の内側から出してやらねば…と襟を正したのだった。

自分が故アルトワ伯の種ではなく、おそらくは母の不貞によって出来た子供だと知り、それを気にして屋敷を出たのではあまりにも不憫《ふびん》である。

(とはいえ、父上は義母上と本当に仲睦《なかむつ》まじくしてらした。ラシェルが父上の子ではないなどと、今でも信じることは出来ないな)

義母がアルトワ伯爵家に嫁してきたとき、クラレンスは八歳の腕白《わんぱく》盛りだった。産みの母を亡くして五年、もはや彼女の顔は忘れてしまっていた。

新しい母親が来るのを無邪気に喜んだクラレンスだったが、実際に目にしたベアトリス王女の若さと美しさには驚かされた。

透けるような淡い金髪、目はスミレ色。妖精を思わせるようなほっそりとした儚《はかな》げな容姿で、聞き取れないほどの小さな声で話した。

「クラレンスというのね……赤い髪が伯爵にそっくりだわ。緑色の瞳も好きよ。仲良くしましょう」

彼女はまだ十八歳だった。

母というよりは姉のような存在であり、後の思春期の頃にはクラレンスの理想の女性像として夢に現れた——しかし、あくまでも父の妻だった。

嫁いで間もなく、義母はラシェルを産んだ。

生まれたばかりのちっぽけな弟は毛のない奇妙な生き物だったが、クラレンスは嬉しくて仕方がなかった。

父が言った。

「お前は今日から兄上だな。このラシェルを慈しみ、守り、生涯仲良くするんだぞ。誓いなさい」

「もちろん、わたしは誓います！」

アルトワ伯爵も小さなラシェルをとても可愛がった。

最初の一年ほどは、むしろ実母である王女のほうが赤ん坊に素っ気なく見えた。

今思えば、ベアトリス王女は子供を産みたくなかったのかもしれない。

不名誉にも、誰かに乱暴されてしまい、それを誰にも言えないままに胎児が育ち、産むしかなくなったというのは考えられる悲しい顛末《てんまつ》だ。

それにしたところで、産み落とされた赤ん坊に罪はない。

ラシェルを産むに至るまでの過程はどうでも、父である伯爵は全てを飲み込み、王女とその子を愛し、受け入れたのだ。

それに疑いはない。

父はラシェルに自ら名をつけ、クラレンスの弟として育てた。

ならば、自分も父に誓ったようにすべきだとクラレンスは思う――アルトワ伯爵家に生まれた者としての人生をラシェルに与えねばならない。

手当たり次第に行動した後で、他に打つ手を思いつけないままに神学校の周りをぶらぶらしていたとき、いとも簡単に門の中へと入っていくのを許された荷馬車と出喰《でく》わした。

基本的に自給自足の神学校において、物資の搬入はないはずだった。

出てきたところを摑《つか》まえて問い詰めたところ、敷地内で作った食料品を貰い受けにきた孤児院の職員だと分かった。

週に一回か二回、ここを訪れるという。

その男に小金を握らせて、神学校の内部を探ってくれるようにと頼み込んだ。

ラシェルの肖像画を見せ、大袈裟《おおげさ》に「騙《だま》されて神学校に入れられた」と説明した。

「そんな騙されて…なんて、ありますかね？」

孤児院の職員は疑い深そうに首を傾《かし》げたが、クラレンスは沈鬱な顔で言い立てた――イノセンティア学院に神学を教えにきた神官に言いくるめられ、生涯性交渉が出来ないことを知らずに入寮してしまったのだ、と。

「わたしが思うに、その神官は美貌の弟に恋心を抱いていたようなのだ。自分が抱けないから、いっそ弟も女性を抱くことがないようにしようと考えたに違いない。同じく神官にすれば、ずっと側に置いておけるだろう？」

嘘はするするとクラレンスの口から滑り出た。気は少しも咎《とが》めなかった。

「それは身勝手なことですな！」

男の同情を勝ち得たと見るや、一層の熱弁を振るった。

「普通なら神官は尊敬されるべき存在だが、他人の将来を決める権利まではないはずだ。弟は普通に結婚して、その母親に孫を抱かせてやらねばならない。きみ、そうは思わないか？」

そんなふうに言い立てているうちに、本当にオルス・ベローにラシェルはそそのかされたのかもしれないと思われてきた。

そうでなくても、親友のアランをこっぴどくふったオルスに、クラレンスは多少非難めいた気持ちを持っていた。そんなオルスがラシェルに目をつけたとしたら、とても許せることではない。

「わたしは弟を神学校から解放したいのだよ。入学して半年は面会もさせて貰えない。この上は、塀の中に押し入って…と考えてしまう」

「あの人たちは独自に裁きを下せるんですよ。危険かもしれません」

「だから、タイミングが必要なのだ。きみの協力が欠かせない。お分かりいただけるだろうか」

クラレンスの勢いに押されてか、孤児院の職員は折を見て神学校の様子を窺うと約束してくれた。

とりあえずクラレンスは王都の屋敷に戻り、別の方法を模索しつつ、彼からの連絡を待つことにした。

電報が届いたのは案外早かった。

『アス、レイザン　ニ　ペガサスノムレ　キタル。ツカマエル　ナド　スルタメ、ガクセイ　ヲ　ツレテ、デムクラシイ。スキガ　デキル　カモ』

みなまで読まないうちに、クラレンスはすっくと立ち上がった。

（神官と言えど、幻獣を捕えるのは難事業だろう。何人で行くのかは分からないが、不慣れな学生を外に出すのだ、平生とは違うなにかが起きても不思議

はない）

　来客を迎えるために凝ったデザインの新しい上着を纏っていたが、クラレンスは惜しげもなくばさりと脱ぎ落とした。こんなものはフェイに乗るには邪魔である。

　普段着に着替え、自室を出ていく。

「旦那さま、どちらへ」

　慌てて、執事のベルナールが声をかけてきた。

「もうすぐベルトラン侯爵令嬢がいらっしゃいますが？」

「わたしは急用で出かけねばならない。日を改めて欲しいと言ってくれるか？」

「はい、承知しました。ですが……――」

　ベルナールは言いにくそうに続けた。

「今日は仲直りのためにお会いするご予定だったのでは？　令嬢のご機嫌をますます損なうことになるかもしれません」

「それならそれでしょうがない」

「……分かりました」

　クラレンスは玄関を出て、すぐそこで掃除をしていた庭番に馬車を出すように命じた。

「街外れまで送ってくれ。早く…早くな」

＊

　空を駆けてきたペガサスたちが、霊山の中腹にある野原に下りてきた。

　総勢三十頭。

　緑の絨毯《じゅうたん》の上、白くて力強い身体が映える。降り注ぐ陽光で、彼らの鬣《たてがみ》と翼は銀色を帯びて輝いていた。

（き、きれい…！）

思わずラシェルは掌をぎゅっと握り締めた。頃合いを見て、神官たちは押さえていた自分の相棒であるペガサスを放った。

躊躇いがちににじり寄る彼らに無礼講を知らせたのは、群れの長《おさ》と思われる一頭の嘶《いなな》きだった。

その雄馬は他よりも一回り大きく、鬣の一部は金色で、さらに特別感を演出するのは左右の瞳の色の違い——青と緑のオッドアイだ。

リーダーの許可を受けて雌たちの発情が促されると、それを察した雄が一斉にそわつき始めた。

草の匂いよりも、馬の体臭がぐっと強くなった。

ラシェルの鼓動が速まったのは、漂ってくる動物的な匂いのせいか、馬たちの求愛行動を目《ま》の当たりにするというもの珍しさからくる興奮か……。

ラシェルの傍らにいるボーヌ神官は、愛馬ウィングを目で追っていた。

雌のウィングは三頭の雄に囲まれていたが、焦《じ》らす様子で慎重に相手を選んでいるようだ。

「来年の春にも、ウィングは子を産むかもしれないな」

ボーヌ神官の呟きに、ラシェルはこくりと頷いた。

（こ…こんなふうに、生き物は次の命を産み出すんだ……！）

交尾によって、雄が雌の胎内に体液を排出し、次の世代が産み出されることは生物学上の知識として得ていたが、じかに目にするのは初めてだった。

発情に腫れ、濡《ぬ》れた雌の性器の匂いを嗅《か》いで興奮を増した雄ペガサスたちが竿立《さおだ》ちになると、怒張した股間が丸見えになった。

ラシェルは自分の呼吸が荒くなるのを意識した。

雄が雌の背に乗り上げ、いよいよ性器を挿入しかかる。

背筋がゾク…とし、溜息《ためいき》が出た——ラシェルが感情移入したのはウィングだろうか。それとも、雄たちだろうか。

雌の甲高い嘶きに鳥肌が立つ。

「素晴らしいよ。こんな間近でペガサスの交尾を見るなんて、なかなかない経験だ」

本の感想を述べるように、冷静さを失わないままにボーヌ神官が言い、ラシェルの肩に腕を回してきた。

「今日きみが自分のペガサスに出会わないとしても、ウィングの子がきみのものになるかもしれないね」

被《かぶ》さってきた温もりに、ラシェルの心はざわついた——いや、ざわついたのは心だけではない——それらに気をとられ、ボーヌ神官の言葉の内容を理解することが出来なかった。

神学校の学生として、恥ずべき身体の変化が起きかけていた。

こんなことは初めてである。

我知らず、ラシェルはボーヌ神官を振り払っていた。

「ラシェル？」

「……あ、ごめんなさい」

驚きに見開かれたブルーグレイの瞳が非難の色に変わるかと思いきや、思慮深いボーヌ神官は目に慈しみを浮かべただけだった。

ラシェルは赤面した。

「大丈夫、きみはまだ十八なんだ。身体が反応してしまうことがあっても普通だよ。とりわけ変わったことでもない」

彼はさらりと言い、両手を肩のところで開いてみせ、もう触らないよとラシェルに示した。

「どうすればいいのかは分かるね？」

頷いて、ラシェルは少し離れたところに立つ木の方へと走った。

木の後ろへ寄り掛かって立ち、真っ青な空に顔を向けた。大きく深呼吸を繰り返す――そうすれば、たぶん落ち着くはず。

しかし、ラシェルはなかなか平常に戻らなかった。

(ウィングはどうしてあの雄を選び、受け入れたんだろう。直感？　あの雄なら、強い子を授けてくれると確信したの？)

目にした交尾の様子が脳内から消せない。

長くなった器官を深々と雌馬に差し入れ、雄は何度も誇らしげに叫び声を上げていた。

(動物なら、自分が受け入れるべき相手が一目で分かるんだろうか。間違ったりしないのかな。ああ、僕には分からないや)

母を思った。


王宮でやんごとなき姫君として育っただろう彼女は、きっと間違ってしまったのだ。たぶん。

ラシェルは母の一夜の恋の相手によって生まれたのだろう。

その過ちをアルトワ伯爵は許し、罪の子ごと受け入れる決心をしたのかもしれない。若かった母に較べ、伯爵は酸いも甘いも嚙み分けた大人だった。

(ああ、父上……僕は母上の罪の子だから、決して間違えたくないんです。だから、一生涯恋はしません。この心は全て神に捧げます)

神官として生きるつもりだ。

志を新たにしたというのに、どうしてか股間の高ぶりは治まってくれなかった。

ラシェルは一心に聖句を唱え、心身の興奮を抑えにかかる。

『静寂の中に自分を投じよ。神を側に感じるのは難しくない』

『人との出会いは偶然ではなく、全てこれ必然である。その意味は後に分かることがままある』

『他人の幸せのために動けるなら、お前にも必ず幸せが訪れる』

一途《いちず》に神と向き合い、全ての民を平等に扱うことを求めるがゆえに、神は使徒たちの結婚を奨励しなかった。

学びに集中するために禁欲を説き、自己愛に染まらないために手淫を禁じた。

神の使徒である誇りと引き換えに、神官たちは当たり前の人間としての営みを捨てる。

(相手を誤ったが、母上は人間として当たり前のことをしただけだ。でも、僕は嫌だな。誰とも性的な交わりを持つ気はない。間違えたくないんだ)

溜息と共に、どうにかラシェルが身体の熱を逃し終えたとき、すぐ側にいたのはペガサスの子供だった。

すでに普通の馬ほどの大きさだが、大きめの頭は丸っこい。

退屈なのか、遊んでと言わんばかりに頭突きしてきた。

ラシェルは喜んで相手になろうとしたが、視線を感じて顔を向けると、鬣の一部が金色で左右の目の色が違うペガサスがこちらを見ていた。

リーダーは仔馬《こうま》を案じているのではない。

強い視線の牽引《けんいん》は、ラシェルの心にまで入り込んできた。

(ああ、この感じ……?)

ボーヌ神官はラシェルに自分のペガサスを見つけろと言ったが、具体的にどういう過程を経て相棒となるかまでは説明してくれなかった。

視線を外すことが出来ない。

群れのリーダーであるペガサスとラシェルがそういう状態なのを知ってか知らずか、子供のペガサスがまた遊ぼうよと言うかのようにラシェルに頭突きしてきた。

無視を決め込むと、仔馬はラシェルの股間のあたりに顔を近づけ始めた。

「！」

ふんふんと匂いを嗅がれ、ラシェルは羞恥に頬を染めた——染み出してしまった体液の匂いがしているのかもしれない、と。

ペガサスやユニコーンなどの特別な獣が背に乗せるのは、性的経験がない者に限られる。

基本的に幻獣たちは人間が好きではないのだ。幼い少年少女は辛うじて受け入れるが、彼らが性に目覚めた途端に距離を取る。

（ぼ、僕は……——）

もし性的な匂いをさせているとしたら、美しいこのペガサスに申し訳ない。

選ばれる資格はない。

ラシェルはじりじりと後ずさった。

構わず、ペガサスが近づいてくる。

ラシェルを捕える色違いの瞳は、濡れて美しく光っていた。

魅《み》せられかけ、ラシェルはぎゅっと目を瞑《つぶ》った。

次に目を開けたとき、翼ある者はすぐ側まで来ていた。

「ああ、ダメ……来ないでっ」

ラシェルは後ずさるうち、山の中腹に出来た狭い平地の際まで達していた。

もう下がる場所はなく、踵《かかと》の後ろは崖である。

ラシェルはペガサスに向かっていやいやと首を振

った。

『なぜ逃げるのだ？』

ペガサスの声が頭の中で響いた。

『一目で分かったはずなのに、お前はわたしを拒絶するのか？』

鼻面が近づいてきたのに、ラシェルは仰《の》け反《ぞ》った。思わず後ろに一歩引いたが、そこに大地はもうなかった。

「ああっ」

バランスを崩し、背中に冷たい風を受けた。

ラシェルは落下を覚悟した——その先には、もちろん死が待つ。

なすすべもなく身体が後ろへ傾く。

しかしながら、重力に従ったのはほんの二メートルほどだった。

すぐ横に緑色の塊が迫ってきた。


あっと思ったときには、鋭い歯が並ぶ巨大な口に捕えられていた。

しかし、嚙み砕かれることなく、広い空をどこぞへと運ばれていく。

（鳥…じゃない、か。これほど大きな鳥はいないし、歯がすごいもの）

くだんのペガサスが追ってくるのが見えたが、ラシェルを捕えたものは逞《たくま》しい雄馬を容赦なく薙《な》ぎ払った。

嘶きを響かせ、ペガサスは谷底へ……。

「ユリシーズ！」

我知らず、ラシェルは知るわけもなかった馬の名を口にしていた。

『ユリシーズというのかい、あの馬の名は』

ラシェルの脳に直接問いかけたきた少しも悪びれない声には、どこか聞き覚えがあった。

『オレの名はフェイだ。クラレンスの弟とはずっと以前に会ったことがあるな。森で迷子になっただろう？』

五歳のときだった。

寒さと空腹で泣いていたとき、兄が緑色のドラゴンに乗って助けにきてくれた。

その後、高熱を出して床に就いたせいで夢だったかのように思っていたが、確かにあれはドラゴンだった。

『あの類の馬は丈夫だから、心配しなくていい。死にはしない』

「僕をどこへ連れていくつもり？」

『さて、どこかな』

それっきりドラゴンは話しかけてこなかった。

楽しむことは出来ないにせよ、飛び降りるわけにもいかず、手持ち無沙汰のラシェルは牙の隙間から下界を眺めるばかりだ。

霊山に守られるようにしてある神官の宿舎、礼拝堂、霊山の手前にある神学校……それらが小さくなって見えなくなり、農地が続く。その果てには町、そしてまた農地。

点在する町を繋ぐようにして、王都に向かって道が伸びている。

ときには道と絡み合う川、魔女たちが隠れ住むという深い森、東北部を走る険しい山脈……――ああ、こうして見ると、アルヴァロン王国はそう大きくはない。

しばらくして、見覚えのあるワイン工場の煙突が見えてきた。

アルトワ伯爵領である。

イノセンティア学院の寮に入るまで、ラシェルは一年の大半をここで過ごしていた。

湖の畔《ほとり》に建つ古城は快適で、古くから棲み着いている妖精が遊び相手になってくれた。

『到着だ』

ドラゴンのフェイは、城のバルコニーに首をかけるようにして口を大きく開けた。

ラシェルはバルコニーに飛び移った。

スタンと音がして、斜め上方からすぐ側に飛び降りてきた者――クラレンスである。ラシェルは今の今まで気づかなかったが、彼はドラゴンの背に乗っていたのだ。

「またな、フェイ。一日中つき合わせて、悪かったな」

クラレンスが手を振ると、フェイは低く吠《ほ》え、バサバサと空高く舞い上がった。

「……一日中」

言葉の一つを捉えたラシェルに、答えるふうでもなくクラレンスは言った。

「今日は早朝に出てきたんだ。気づかれないように後を追ったが、ペガサスたちの見合いの場には結界が張ってあったよ。それで、お前の姿が見えてもすぐに近づけなかった。下手に飛び出して、ペガサスたちが騒ぎ出しては厄介だったからね……でも、じっと待っていたら、お前が結界の外まで出てきてくれた。お陰で予定通り連れ出せた」

「……し、死ぬところでした」

「フェイが助けなかったにせよ、あのペガサスがお前を助けただろう。お前を舐《な》めるようにじっとり見ていたじゃないか、あいつ。まるで恋い焦がれているかのようだった」

「そ…うでしたか？」

久しぶりに兄と顔を合わせた。

今はくしゃくしゃに乱れていても、アルトワ伯爵家特有の赤い髪がひどく懐かしい。

抱きつきたくなるほど嬉しい気持ちが込み上げてきたが、そうもいかなかった。

ラシェルは連れ去られたことに戸惑っていたし、兄がなぜこんなことをしたかは——そう、思い巡らさなくても分かる。ラシェルがなんの相談もしないで神学校に入ったせいだ。

ラシェルを見下ろす翡翠《ひすい》のような目の中に、彼が抑えつけている感情が見え隠れしているような気がした。

「しばらくだったな、ラシェル。わたしに言うことは？　あるだろう？」

「……神学校に入りました」

「知ってる」

「お手紙…書きましたけど」

兄の目を見返す勇気はなく、ラシェルは深く俯いた。

「事後報告は好まない」

「ご、ごめんなさ……——あ、いけない！　ここにいるって、なんとかしてあちらにお知らせしなきゃ……たぶん、ボーヌ神官が探しているはず」

唐突に兄と対峙《たいじ》するのをやめ、身を翻してラシェルは城の中へ入ろうとする。

クラレンスはぐいっとラシェルの二の腕を摑んだ。

「ボーヌ神官というのはオルス・ベローのことだな？」

「は、はい…」

「あいつの影響で神学校か？」

「影響っていうか……オルスさんが神学の教師として学院に来ていたとき、僕の才能を生かしたかったら神官という道もあるよって言ってくれました。僕はそれを覚えていて……だけど、最初はそんな気はなかったんです。兄上の仕事を手伝えるように、大学で経済学を学ぶつもりだったから……でも、母上が亡くなって、いろいろ考えなきゃならなくて、神学校に行くのがいいと思えてきました。兄上には相談もせず、勝手なことだったかもしれませんが……」

「一人でいろいろ考えたんだ？」

言葉の刺《とげ》に、ラシェルは深く俯いた。

「自分の選択に間違いがないと思っているのなら、ちゃんと顔を上げていればいいだろう？」

ラシェルはしぶしぶ顔を持ち上げたが、クラレンスの瞳にはやはり怒りがある——今にも嚙みつきそうなドラゴンが潜んでいる。

「……」

「わたしを兄だと思ってるんだよな？　わたしはお前を弟だと思ってる……——たとえ、血の繋がりがないって知らされたとしても」


「僕の書き置き…読んで、分かったでしょう。兄さまはショックではなかった？　僕は母上の不義の子なんです。アルトワ伯爵家にいていい人間ではない…んだ」

「ショックじゃなかったと言ったら嘘になるな。わたしは義母上を好きだったし、お前と兄弟じゃないなんて一瞬も疑ったことはなかったからな」

「……」

「それでも、父上は全て知った上でお前を自分の子として育てたという事実がある。だから、お前はアルトワ伯爵家の人間なんだ。わたしのたった一人の弟だよ」

ラシェルは首を左右に振った。

「父上がお優しすぎただけ…です」

「それはそうかもしれないが、年の離れた夫婦が最初から上手《うま》くいくものではなかったんだろう。とに

かく、父上は義母上とお前を受け入れた。彼らがずっと嘘の夫婦だったとは思わない。少なくとも、晩年のお二人は相手がいなければ夜も日も明けないという感じだった。だから、義母上は後を追われたんだと思う。違うか？」

「それは、そう…思います。だから、余計に僕は…母上のしたことが許されないことだと思えるんです」

「父上が許したんだから、いいじゃないか。お前はわたしの弟だよ。お前が生まれたとき、わたしは父上に一生弟を守れと誓わされたんだ。だから、今回の神学校入りはなかったことにする。そんな人生は認められないからな」

「認められないって……でも、兄さま！　僕は神学校に入学し、一生を神に捧げると血判を……──」

クラレンスはみなまで言わせず、はっきりと言った。

「わたしの弟にそんな生き方はないよ」

「に、兄さま！」

「さぁ、なにか軽く食べないか？　わたしは空腹でね……まず、ワインはどうだ？　ビールでもいい」

クラレンスが手を叩《たた》くと、城付きの執事のアルトナンと乳母のアンヌが現れた。

クラレンスがアルトナンに軽食を言いつけている間、アンヌはラシェルの前に進み、その身体を抱き締めた。

「お坊ちゃま！」

「アンヌ…故郷に帰ったんじゃなかったの？」

「旦那さまに止められたんです。ラシェル坊ちゃんを必ず連れ戻すから、アンヌは待っていなさいと」

「……………」

「毎日手紙を書きました。お手元にちゃんと届いてましたか？」

「一通…一通だけ、貰ったよ」

検閲され、黒く塗り潰されていたとは言えなかった。

「やっぱり、神学校は全然いいところじゃありませんよ。これまでの人間関係を全て捨てろなんて、横暴すぎますすもの」

「神に仕える者としては、まず人や物に対する執着を捨てよというところから……――」

ラシェルの説明などアンヌは聞かず、ラシェルが痩《や》せてしまったと目頭を押さえた。

「蜘蛛《くも》の巣や霞《かすみ》を食べさせられていたのでは？」

「まさか」

思わずラシェルは笑ってしまったが、彼女は取り合わなかった。

「蜘蛛の巣や霞でないとしても、それほど豪華なものを食べていたわけでないのは分かります。待っててくださいな、コックのラファティにお坊ちゃまが大好きなものを作って貰いますからね」

アンヌが一旦下がったところで、アルトナンにワインの入ったグラスを手渡された。

神官および神学校の学生は、儀式のときしか飲酒は許されていない。

クラレンスとグラスをかち合わせて乾杯したが、やむなくラシェルは飲んだふりをした。

「どうした、うちのワインは好きだろう？」

「うん、美味しい…です」

「飲んでないくせに」

気に入らないとばかりにクラレンスは一方の眉を跳ね上げさせると、自分の口にワインを含み、ラシェルに口移しした。

いきなりのクラレンスの行動に、ラシェルはなんの身構えもなかった。

口を引き結ぶ余裕はなく、斜め方向から被さってきた兄の唇に押し包まれてしまう。

隙間から少しずつ入ってくるワインを飲み下さないようにしていたが、口の中はすぐにいっぱいになった。

口の端から一筋零《こぼ》れると、兄が唇を吸ってきた。

びっくりして、ラシェルは口にあったワインをごくりと飲んでしまった。

(……の、飲んじゃった)

愕然《がくぜん》として、膝から崩れ落ちそうになったのを、兄は自分の身体に押しつけるようにして支えた。

「…っと」

ふと兄の匂いを嗅いだ——ボーヌ神官は香水を使っていなかったが、クラレンスは違う。

華やいだ香りに彼自身の体臭が入り交じり、決して嫌な匂いではなく、忘れられない…どこか蠱惑《こわく》的な香りがした。

兄を成熟した大人の男だと意識すると同時に、自分の頼りなさを目の当たりにした。

長身の兄の肩に顎《あご》を乗せ、ラシェルはしゃくり上げる。

「美味《うま》かったか?」

容赦なく、兄は言った。

「……アルコール、口にしてはいけなかったのに」

「飲酒がいけないなんてことはないよ、ここでは。神学校には戻さない」

ラシェルはいやいやと首を横に振った。

「僕は神官になりたいです」

「あんなつまらない場所に戻って、神官なんて説教臭い仕事に就こうだなんてわたしには考えられないな。粗食奨励、酒やコーヒーなどの嗜好《しこう》品は禁止、基本的には自給自足、賭け事なんてとんでもない、音楽は賛美歌のみで、性行為を否定、守れないなら去勢……それがまともな人間の生活だろうか。わたしはお前をあそこに戻す気にはなれないよ」

「兄さまはまともな生活ではないと思うかもしれないけど、僕には生きやすいところなんです」

「嘘を言うな」

　クラレンスは鼻で笑った。

「……嘘じゃありません」

　兄はもう一度ワインを口に含むと、再びラシェルに唇を寄せた。

　ラシェルが口を引き結んだので、舌先で頑《かたく》なな合わせ目を辿《たど》ってきた。

　さすがにその意図はなかっただろうが、彼の匂いに包まれ、ラシェルの身体は反応しかけた。有り難いことに、だらりと長い神学校の制服がそれを隠してくれたが。

（ぼ…僕は初めてなのに……誰かと口と口を合わせるなんてことは）

　けして…決して、兄を性的な対象として考えたつもりはなかった。

　ふと、ペガサスの雄が雌の性器に鼻面を近づけ、長い舌で探っていたのを思い出した。

（ああ…あんな場面、僕は見るべきじゃなかった）

　他にどうしようもなく、注ぎ込まれたワインを飲み込んでしまう。

　しばらくアルコールを断っていた身体に赤ワインは染み入り、ラシェルの白い肌をほのかに染めた。

　情けなくて、泣けてきた――性的な反応を示しかけた身体、そして禁じられたアルコールを飲んでしまったこと。

　この身体を火照らせる熱は恥ずべきものだ。

「泣くほど美味いか、よかったな。アルトナンのやつ、奮発したようだぞ。こいつは間違いなく十年以上のワインだ」

クラレンスは手でラシェルの目元を拭き、端麗なその顔を見下ろした。

「……もう放さないからな、ラシェル」

「に、兄さま」

「この数か月の間、わたしがどんな思いだったか分かるか？」

「………」

「神学校の校長は頑として面会を許さないし、お前が後見人を頼んだシャイエ男爵は口添えを拒否した。思い余って、国王にまで嘆願してしまった。とんだ茶番を演じたよ」

ふっと兄の強気な視線が和らいだ。

「もう泣くな、ラシェル。神に仕える以上に、楽しく充実した人生にすればいいんだ。わたしがちゃんとお膳立てしてやろう」

*

野生のペガサスと神官たち所有のペガサスの交流は、種の繁栄においてとても有意義な一時《ひととき》だった。

神官たちは自分たちには許されない性交を遠巻きに眺め、ある者は自らの身体の飢えを嘲笑《あざわら》い、ある者は極めて芸術的な光景であると自分を誤魔化《ごまか》す。またある者は、ペガサスといえども所詮は動物であると見下していた。

神官たちのそれぞれの思いにはお構いなく、ペガサスたちは束《つか》の間《ま》の恋を楽しんだ。

しかし、群れのリーダーの嘶きが空間を裂くほどに鋭く響き、彼らは一斉にそちらに注目した。

霊山の野原の際から飛び立った金色の鬣を持つリ

ーダーが、緑色の巨大な空飛ぶトカゲ——ドラゴンの翼で叩き落とされてしまった。

「あっ！」

ペガサスのリーダーは大柄な逞しい身体をしていたが、相手がドラゴンとあっては勝ち目はない。

結果を見ようとしてか、ごく幼い一頭がとことこと崖の際まで出ていこうとしたが、母馬の一鳴きがそれを引き止めた。

神官たちはお互いに顔を見合わせた。

結界を張っていたのが災いし、ドラゴンが近づいたことに誰も気づかなかったのである。

そのとき、ボーヌ神官が叫んだ。

「ラシェルがいません！」

「なんだって!?」

神官たちはラシェルの名を呼びながら、かなり広範囲の捜索をした。

しかし、神学校から特別に連れてきた少年の姿は影も形も見つからず、ついにはドラゴンに食われたと結論するしかなかった。

「残念なことだ。あの子には、なにか特別なものがあると思っていたが……」

「いつか偉大な神官になるのではないかと思わせるものがあったな」

「後見人にはなんと報告したらいいのか。とりあえずは、行方不明ということに……——」

失われたのはラシェルだけでなく、群れのリーダーだった金の鬣のペガサスもだ。

あのペガサスはドラゴンの所行を怒り、勇敢に立ち向かっていったのだろう。

ボーヌ神官はラシェルが駆け寄った木のところに行き、ラシェルの足跡を見つけた。

後ずさった跡とペガサスの足跡が重なるようにし

て、崖のところまで続いていた。

その意味することが認められない。

(ラシェルは本当に死んだのか?)

彼にはどうしても実感出来なかった。

(いいや、見たわけじゃないんだ。死んだと結論づけるには早すぎるだろう)

ボーヌ神官は崖を覗き込み、遺体の一部でも落ちていないかと目を凝らす。

そして、遥《はる》か下方の川辺に蹲《うずくま》る弱ったペガサスを見つけたのだ。

(怪我《けが》をしているのか? ウィングに乗って、見てこよう。助かるようなら助けてやりたい)

野生のペガサスたちはリーダーの不在に動揺していたが、夕闇が迫ってくると、それなりに逞しい一頭がリーダーの位置についた。

その嘶きが長々と響き――それはあたかも挽歌《ばんか》のようでもあったが、群れはこだまが返ってくるまで待たず、夕闇の方に向けて出発したのだった。

＊

食事の支度が調ったとアンヌが呼びにきて、兄弟は城の広いダイニングに向かった。

ここの花柄の壁紙やカーテンは、ラシェルの母親が特に選んだもので、父はいたく気に入っていた。

あの頃とは違い、長い長いテーブルの上座には兄が座り、自分は右に……――二人っきりだ。

会話はほとんど続かず、赤々と灯《とも》された蠟燭《ろうそく》の炎が揺れるだけ。

食事は美味だった。

さらりとしたスープに、歯応えがないと思われるほど柔らかい白パン。

「ラシェル、どうした？　メインディッシュに手をつけてないじゃないか。この鹿肉は美味いぞ。クランベリーソースがよく合ってる」

兄に促され、アルトワ家の紋章が入った皿の上で湯気を立てている鹿肉の塊を見た。

ラシェルの口の中に唾液が溢れてくる。

（こんな豪華な食事は……――）

身体を保つだけなら必要がない。

それでも、ナイフとフォークを握り締め、肉を一口分だけ切り取った。

じわりと旨味《うまみ》が口の中に広がった。クランベリーソースのほの甘い味がやや遅れて滲《し》みてくる。

美味い。

コックのラファティが食後の飲み物について聞きにきたとき、ラシェルは彼にとても美味だったと感想を言ってやらずにはいられなかった。

「恐れ入ります、ラシェル坊ちゃま。デザートもお好きなものを用意してございますよ」

デザートは、チョコレートケーキにアイスクリームと洋なしのシロップ煮を添えた一皿だった。どれもラシェルの好物である。

自分では無自覚だったが、ラシェルは甘味に飢えていたらしく、コーヒーを口にすることなく一皿をぺろりと平らげてしまった。

目を細め、兄のクラレンスが笑った。

彼は洋なしを二口だけ食べ、フルートグラスでシャンパンを飲んでいた。

「残りはラシェルに」

アンヌがクラレンスの前にあった皿をラシェルのところまで運び、ラシェルは有り難く兄の残りを貰った。

ラシェルが食べ終わって満足の溜息を吐いたとき、

クラレンスは笑いながら言ってきた。

「よく食べたな、ラシェル。食事は快楽だってことを思い出したか？」

「……はい」

あさましく貪った自分を恥じながら、認めるしかなかった。

「こういうのが一生食べられないなんて、損でないとは言い切れないよな」

それは本当にそう思う——もちろん、身に過ぎる贅沢はよくないが。

「仕える人間に我慢ばかり強いる神を、わたしは崇《あが》めようとは思わないね」

「………」

民の見本として、神官は特別な存在になっていかなければならないと言い返してもよかったが、クラレンスはきっと納得してはくれないだろう。

なにを我慢することもなく、クラレンスは特別な存在である——大貴族のアルトワ家に生まれ、容姿端麗で博識で、巨大なドラゴンを使役することが出来る。悪戯程度なら魔法をも使うことが出来た。

もちろん、恋愛相手も選び放題だ。

こういう恵まれた人間は、神はいないと断言することを怖れない。

いると思うことで救われるという感覚は、きっとクラレンスには分からないだろう。

(神は…もういないのかもしれないけど、教えは正しく残っている。不遇な人々の心を救い、導くのに神の教えは有効だよ)

ラシェルは心の中で呟くだけだ。

兄に対するコンプレックスは昔からあった。軟弱な容姿に虚弱な身体、勉強もかなり努力しなければ結果は見込めなかった。

それでも、彼の弟であることが誇りだったし、アルトワ家に生まれたのだから、自分もそのうちに変わっていくだろうと信じていた。

兄と血の繋がりがないと分かった今、ラシェルは彼と自分との違いをまざまざと感じていた。

(貴族の男として、僕は楽しく生きられないと思う。特権を享受し、享楽的になれるのも自分に自信があってこそだから)

自分に自信がない人間は、だからこそ神に見守られていることを信じ、その教えを守ることで生きるのが楽になる。

黙ってしまったラシェルに、クラレンスは言った。

「明日は湖で釣りでもしないか？　夏の森を探検するのも悪くないけどな」

「釣りがいいです」

答えながら、ラシェルは大好きだった兄との間に埋まらない溝を感じていた。

(……もうなにも知らなかった頃には戻れません、兄さま)

兄弟として振る舞おうとしても、たぶんそれは兄弟ごっこになってしまう。その個性において、二人はまるで違っていた——そう、水と油ほどに。

しかし、クラレンスは言うのだった。

「親世代のことはもういっそどうでもいいことだ。父も母もいないという意味では、今やわたしもお前も孤児同士だ。助け合って生きていこう。な？」

頷くしかない。

(ずるい…な。兄さまは、ずるいです)

最後にちらりと弱気を見せ、心をぐっと摑んでくる。そういうところが本当にずるくて、上手い男なのだった。

＊３＊

湖にボートを浮かべ、ラシェルは釣り竿を垂れていた。

兄のクラレンスはというと、釣りにはとっくに飽きて、船底に横たわって昼寝をしている。日射しを避けるために、目の上にページを開いた本を載せているので寝顔は見えない。

クラレンスの睡眠不足は、ラシェルが夜中に城を抜け出さないか気にしているせいだった。

最後に抜け出そうとしたのは三日前だ。

城の床下にある非常用の抜け穴を使い、河川の土手に出た。

繋いであった船に乗ろうとしたのを見つけ、ラシェルを捕えたのはドラゴンのフェイだった。

『いつもフェイに見つかっちゃうな』

ラシェルがぼやくのに、フェイは逃げても無駄だと言った。

『クラレンスはあちこちにオレの鱗を貼って、お前を見張っているからな……しかし、本気で逃げたいと思ってるのか？』

『……』

クラレンスは、城に戻ったラシェルの頬を平手で打った——初めてのことだった。

痛みはわずかなものだったが、父の伯爵にもされたことはなく、少なからずショックを受けた。

『城から二キロ先まで出たら、鬼ごっこの域を越えてしまう』

彼は言った。

『鬼ごっこだなんて……——』

『とにかく、わたしは明日のハイキングを楽しみにしていたんだ。夜中にベッドを抜け出すのは感心しないな』

この十日間のうち、ラシェルは隙を見ては何度も逃亡を繰り返していたが、さすがに本気で神学校まで辿り着けるとは思っていなかった。

ただ、日々堕落していく自分に耐えられなかっただけである。

神学校の規則正しい日常はここにはない。

好きなときに起き、好きなときに寝る。食事は日に三度、食べきれないほど出される。

アルコールは断るにしても、せっかく作ってくれた食べ物を拒むことは出来なかった。

自分でやっていた身の回りのことも、今は全てアンヌがやってくれた。

神学校での日々が遠ざかっていく……。

ドラゴンの翼ならばひとっ飛びかもしれないが、ペガサスならば数時間、ユニコーンなら半日ほどかかる距離である。普通の馬車では四日と少しかかるはずだ。

何度も、フェイに叩き落とされた金の鬣のペガサスを思った――かの馬と友愛の契りを結べていれば、ここから神学校まで苦もなく戻れたに違いなかった、と。

騎獣に頼らずとも、半月も歩き続ければ到着することが出来るかもしれない。しかし、その場合は宿泊場所と食料をなんとかする必要がある。

現金がいる。

ラシェルは母の遺産を全部アンヌにやってしまい、今はわずかな小銭も持っていなかった。

(パンがあれば、野宿でも構わない…か)

パンは日に三度の食事に必ず食卓に載る。それをこっそりポケットに入れるなりして集めるのはどうだろう。

一日一個として、十個集めることにする。四日の昼には出かけられるだろう。

（神官になろうという者が、盗人のように？）

形振《なりふ》り構っていられないにせよ、そんな情けないことを自分がするのかと思うと目眩《めまい》がしてくる。

途中で兄に捕まるようなことになったら、荷物の中からパンが見つかるわけである。

想像しただけでも、恥ずかしくて消えたいような気持ちになってくる。

ラシェルは溜息を吐いた。

（……オルスさん、僕はすぐにはそちらに戻れません）

浮子《うき》がちょいちょいと動いているのに気づいて、竿を上げてみた。

手応えありで、十センチばかりのヒメマスが釣れた。

こんなちっぽけな獲物でも、釣れればやっぱり嬉しくなる。

気をよくしたラシェルが口笛を吹きながら新しい餌を釣り針に取りつけていると、クラレンスが目を覚ました。

「釣れたのかい？」

桶の中を覗き込む。

「ヒメマスです。少し小さめだけど」

「わたしも一匹くらいは釣りたいな。夕飯に一皿添えたい」

クラレンスは竿を引き上げ、釣り針に新しい餌をつけ直した。

二人して釣り糸を垂れた。

雲は高く、空は青い。森から蟬《せみ》の鳴く声が煩《うるさ》いくらいに聞こえてくる。

ふとクラレンスが言った。

「なんだか子供の頃の夏休みのようだな」

「お仕事はいいのですか？」

「病気ということにして、しばらくのんびりするさ。両親が相次いで死に、今度は弟が行方不明になって錯乱中…ってわけだ。パートナーのフィリップでなくても同情するしかないだろうよ」

「僕、行方不明なんですね」

「そういうことになってるな。男爵が申し訳なさそうに連絡してきたよ。少なくとも、ドラゴンに喰われて死亡したことにはなっていない。神官らには、フェイがお前を喰ったようには見えなかったのかな。全力を挙げて捜索中だそうだ」

「……」

行方不明だと思われているなら、ラシェルが戻る場所はまだあるのかもしれない。

ボーヌ神官の心配顔が脳裏に浮かび、申し訳なさに頭が上げられないような気持ちになった。

「ご覧、ラシェル」

ふと兄が声を低めた。

顎をしゃくり、水面を覗くようにと合図される。ラシェルが目を向けると、ぬーっと長い魚影がボートのすぐ下を通っていった。

この湖の主だ。

魚影は途方もなく大きく見えるものだが、実物にしても十歳を超えた子供の背丈くらいはありそうだった。

「オレの竿にかからないかな」

クラレンスの緑の瞳が不敵に光ったのをラシェルは見た――こういうときの彼は、絶対になにかをやらかす。

（もしかして…もしかするかも？）

やがて、クラレンスの竿に引きがきた。

少し持ち上げたが、竿が大きくしなるだけで獲物は見えてこない。

それどころか、竿ごとクラレンスを水の中に引き込もうとするかのように、そいつは猛スピードで泳ぎ始めた。

ボートが揺れる。

ラシェルと共にボートの縁に摑まりながら、クラレンスが唇を横に引いて笑った。

緑色の瞳が不敵に輝く。

「釣り上げるぞ、ラシェル」

釣り針はしっかりと顎に食い込んでいるのか、獲物がいくら暴れようとも針が外れることはなかった。

まずは湖の主を暴れるだけ暴れさせ、疲れるまで待つ。

クラレンスが竿にかかりきりなので、ボートを安定させるのはラシェルの仕事だ。

引きがだいぶ弱まると、桟橋のところまでボートを漕《こ》いで移動させた。クラレンスは桟橋に飛び乗り、足場のしっかりしたところで竿を大きく振り上げた。

が、主もまだ諦めてはいない。

危うく水に引きずり込まれそうになりながらも、クラレンスは桟橋の手摺《てす》りに摑まり、体勢を整えた。

なにを思ったか、湖に背を向け、竿を肩にかけたまま力任せに前方へと進んだ。

まるで土の中から根菜が抜けるように、巨大な魚が上がってきた。

小柄な女性の身長ほどもあろう。

陸に上がった獲物をずるずると水際から引き離してから、力尽きたクラレンスが地面に膝をついた。

「つ、釣ったぞ！」

彼は満足そうに一声叫ぶと、続いて声を立てて笑い出した。

その汗に輝いた顔を見て、ラシェルも笑った。

「すごいや！　すごかったです、兄さまっ」

「いや、お前の協力あってこそだった。二人で釣ったんだ、この化け物みたいな魚をさ」

クラレンスが近寄ったラシェルの肩を叩き、ぎゅっと引き寄せた——男友だちにするように。

少し戸惑ったラシェルだったが、そうされて嬉しくないこともなかった。兄に手柄を分けるに足る者として扱われた気がしたのである。


その日クラレンスが釣り上げた湖の主は、コックのラファティの手によって切り刻まれ、沼臭さを少少残した野趣のあるフライになった。

城中の雇い人たちを広間に呼んで、山盛りのフライとワインを一緒に味わった。


思いがけない楽しい夕べとなった。

「あれを釣ってしまわれるとはなぁ」

「クラレンスさまは、欲しいと思ったものは必ず手に入れるお方よ。上に立とうって人間はこうじゃないとな」

「しかし、美味いな。もっと大味かと思ったんだが」

「そこはラファティの腕を褒めようぜ」

興に乗ったクラレンスがピアノを弾き、ラシェルもフルートを吹いた——ワルツの曲だ。

いつもの澄まし顔を崩して、執事のアルトナンがアンヌをパートナーにして踊り出した。

誘い、誘われして踊りの輪が広がっていく。

壁に飾ってある先祖らの肖像画が微笑んでいるようで、ラシェルは今ここにいるのを許されていると感じた……——のは、錯覚だったかもしれない。

両親がまだ生きていた頃、こんなふうに雇い人たちとたびたび内輪のパーティをした。それを思い出した満ち足りた数時間だった。

父がいて、母がいて、兄がいて……自分がアルトワ伯爵家の子供だということを疑うこともなかった幸せな幼少期。

思い出とアルトワ家の一員でありたいという思い、神学校への未練でラシェルの心は千々に乱れた。

その晩、ラシェルは夜半すぎに目を覚ました。

ワインを飲みすぎたか、フライの味が濃かったかで、喉が渇いていた。

枕元に置いてある水差しの水を飲んでからもう一度寝ようとベッドに横たわったが、いっかな眠りは訪れなかった。

仕方なく起き上がり、城の中を散歩した。

開いた高窓から湖の風が吹き込み、真夏の夜の割りには暑苦しさはない。

ずらりと先祖の肖像画が並ぶ広間に入り、母の肖像画の前で足を止めた。

アルトワ伯爵夫人にして、王家の娘であるベアトリス王女。

自分の母親ながら、輝かしい金髪に抜けるような白い肌のとても美しい女性だったと思う。

この肖像画の作者は本質を捕えていて、彼女の潤んだ青い瞳はどこか遠くに向けられている。口元に微笑みの欠片はあるが、決して心から笑うことはないと見抜いていたのだろうか。

（……母上、なぜ僕に出生の秘密を明かして逝かれたんです？）

ラシェルは肖像画に問いかけた。

ラシェルがクラレンスを脅かすとでも思ったのだろうか。そんな大それたことが出来るラシェルではないが、少しの可能性も摘んでおくべきと判断したのだろうか――伯爵への恩と愛ゆえに。

（でもね、母上。僕が望んだとしても、兄さまを越えることはたぶん出来ない。兄さまは、いろいろとすごい人だから……なんでも出来るし、それ以上にカリスマ性があるもの）

貴族の中の貴族――というか、クラレンスは王だ。少なくとも、この領地の中では。心のありようが王者なのである。

（それでも、僕の本当の父親については伏せられてましたね。恥ずかしいような人間なのですか？）

もちろん、アルトワ伯爵とは比ぶべくもない小者には違いない。

ラシェルはしばらく肖像画を眺めていたが、答えを与えられるわけもなく、ゆっくりと首を横に振った。

「……知らないほうが幸せってことかな」

心静かに顔を上げると、月明かりがうっすらと入り込む広間の壁や床に、ごく小さな薄緑色のものが貼りつけてあるのに気がついた。

（ああ、ドラゴンの鱗か）

これでクラレンスはラシェルの行動を把握していたらしい。

ラシェルはバルコニーに出た。

ベンチに膝を抱えて座り、湖の水面《みなも》を撫《な》でてくる風に吹かれた。

やがて、城に棲む古い妖精たちが現れた。幼い頃からのラシェルの遊び相手である。

『今日は城を抜け出さないの？　地下通路はもう一本あるんだよ？』

右膝に一匹、左膝に一匹。

そっくりな双子の妖精だが、性格はまるで違う。

万事に楽観的な方はウィウィ、まず悲観的なことしか言わない方がノンノンだ。

『もう諦めたんだよなあ？』

「いや、諦めたわけじゃないよ」

ラシェルは答えた。

「冷静に考えて、とても歩いて辿り着けるような距離じゃない……本気で出るなら、ちゃんと作戦を練らないとね」

『なんとかなると思うわよ？』

「お金と食べ物は最低限用意しなければならないよ」

『フン、それが最低限だって？　怪我するかもしれないし、飢え死にするかもしれない』

『ノンノンは、すぐそれね。そこまで考えたら、なにも出来なくなっちゃう』

この二匹と話せば、頭の中をだいぶ整理出来る。

「一番いいのは、やっぱり兄さまに神官になりたいって気持ちを理解して貰うことだと思うんだ。そして、温かく送り出して貰う……最初にそうすべきだったように」

『そう、ちゃんと話すのは大事よね』

『あいつは無理だぞ、価値観が違う。貴族の中の貴族ってやつだ』

「夏を一緒に過ごして、少しほとぼりが冷めた頃に切り出すつもり……ところで、アルトワ家に生まれて、神官になった人は過去に一人もいないのかな？」

妖精たちは数百年生きている。彼らの記憶は曖昧なところが多いが、昔話は得意だ。

『いないよね？』

『うん、いない。いるわけがない』

「どうしてかな？」

『貴族に生まれた者には貴族として生きる義務があるからに決まってる。貴族として死ぬ義務も』

「人は人に生まれるんだよ？　生まれたときから貴

族っておかしくない？　少なくとも、将来のことは自分で決めたいな」

甘い、と否定の妖精は断じた。

『貧乏人の家に生まれたら、将来なんて決めることすら出来ないぞ』

『だいたいラシェルは母親が王族でしょ』

「父親は誰なのか分からないんだから、僕は生まれながらの貴族ではないよ」

『生まれながらの王族だな』

「いや、父親が平民なら平民なんじゃないの」

『平民ではない』

『うん、それはそう。平民ではないわね』

「ねえ、僕の父親を知ってるのかい？」

ラシェルの問いに妖精たちは首を傾げた。

『アルトワ伯爵ではないのは確かね。でも、貴族ではないと思うわよ』

『王族だよ、王族。オーラが混じりっけのない金だ』

「すごいな、妖精には人のオーラが見えるんだ？」

『アルトワ伯爵家のオーラは赤よ。赤いオーラの人が多かったわ』

『単細胞なのさ』

『情熱家なのよ』

ふと背後に足音を聞いた。

『あら、クラレンスが来たわ』

ラシェルが振り向くと、すぐ後ろまで兄が来ていた。

「眠れないのか、ラシェル。それとも、またまた逃亡の算段かい？」

シフォンのカーテンを捲《まく》り、目を擦《こす》り擦り兄がバルコニーに出てきた。

「ぶつぶつ一人でしゃべっていたみたいだが、そこになにかいるの？」

「……右膝にノンノン、左膝にウィウィがいます。この城に長く棲まう妖精ですよ」

ラシェルの傍らに座り、その膝に触ってみようとしたクラレンスだったが、すぐに手を引っ込め、首を横に振った。

「わたしも子供の頃には見えたほうだったから、そういうものの存在を疑う気はないが……どうなんだろうな、お前はもう十八歳になるんだ。彼らと話し込むより、人間の友人を持ったほうがいいな」

「……僕には兄さまのように人を惹きつける魅力はないですから」

イノセンティア学院において、ラシェルに友人らしい友人は出来なかった。

大貴族の子息で、身体的に虚弱なラシェルはなにやかやと特別扱いを受けていた。色素の薄い端麗すぎる容姿のせいもあり、遠巻きに眺められはしても、話しかけてくれる者は少なかったのである。

ラシェルはあまりにも大人しすぎた。

「妖精が友だちではいけませんか？」

兄に見えないのは分かっているが、ラシェルは掌《てのひら》に愛らしいウィウィを乗せてみせた。

「手の上にいるのか？」

「います」

「残念ながら、まるで見えない。わたしが知っていた妖精は悪いものではなかったと思うが、気まぐれで、人間をからかって楽しむ質の悪いところがあった」

「それは人間も同じでしょう？」

「そうだな。同じというか、人間には明らかに悪いやつも少なくない」

クラレンスは長い手足を投げ出し、しばらく黙っていた。

寝乱れ、くしゃくしゃになった髪を掻き上げつつ、星空を見上げる。

その顔を近々と眺めにいく妖精たち——その忙しない羽音がクラレンスに聞こえないのが不思議なくらいだ。

もちろん、ラシェルには彼らのひそひそ声が聞こえている。

『アルトワ家の赤っ毛だな！』

『緑の目は、母親のイザベラにそっくりよ。少しも美人じゃなかったけど、魔女としては一流だったわね』

『まあ、いい男に育ったんじゃないかな。子供の頃は腕白でどうしようもなかったが』

『わたし、この子に羽根を毟《むし》られそうになったことがあったのよ。悪気はなかったんでしょうけど』

『悪気があったに決まっているじゃないか！』

やがて、クラレンスが口を開いた。

「……ラシェル、お前もそろそろ大人にならなきゃいけない」

「大人に？」

「わたしも含めて、みんながお前を過保護にしすぎたと思う。わたしがお前を愛おしく思っていることは分かってるな？」

ラシェルはこっくりする。

「当たり前の十八歳になるべきだ」

「あ　当たり前の…って、どういう意味か分かりませんが……」

不安な表情を浮かべる弟に、兄は「まあ、わたしに任せておいで」と言って、その華奢な肩を大きな手で包んだ。

軽く揺さぶりながら言う。

「悪いようにはしない。いわゆる一夏の思い出を作るだけだ。きっと楽しめるだろう」

「た…楽しめ、ますかね？」

ラシェルは半信半疑だ——兄の言う楽しいことと、自分が思う楽しいことは違うのではないだろうか。

そんなラシェルにクラレンスは、これから散歩に行こうと誘った。

「え、これから？　どこへ？」

「アルヴァロン王国をひとっ飛びさ。自分と自分を取り巻く世界の広さを知るといい」

クラレンスは胸から提げている笛を取り出し、相棒のドラゴンを呼び出した。


子供の頃は果てしないほど広いとラシェルが思っていたアルヴァロン王国は、強いドラゴンの翼にかかってはひとっ飛びの広さでしかなかった。

王宮を含む王都は掌ほどの大きさで、川は指先で描いたような筋だ。

日が昇る前の仄暗《ほのぐら》い野原の果てに神学校があった。ドラゴンのフェイは、わざとなのか、高度を下げて神学校の上を飛んだ。誰もが寝静まっているようで、寮の窓には灯《あか》りがない。

ラシェルにとっては戻りたくて仕方のない場所だったが、まさか飛び降りるわけにもいかず、三か月ほど暮らした建物を茫然《ぼうぜん》と見下ろすばかりだった。

神殿のある霊山の脇を通り、山脈を越えたところで朝日を迎えた。

兄の背中ごしに、アルヴァロン王国で今日一番の太陽を拝んだ。

「うわあ」

空と雲を赤やオレンジ、黄色に染めつつ、太陽はゆっくりと昇ってきた。

太陽を案内するかのように、今度は南西にあるアルトワ伯爵領に戻っていく……──。

　数時間の空の旅が終わったとき、ラシェルは思った。

（ドラゴン使いの兄さまには王国は狭いくらいかもしれないけれど、やっぱり僕にとっては果てしなく広いところにも思える。これが二人の違いだとしたら……僕が兄さまに追いつくことはないんだろうな）

　クラレンスと同じ視点は持てそうもない。

（やっぱり僕は……──）

　競う気はないが、彼の側にいれば自分の無力さに苦しむことになるだろう。

　ラシェルがラシェルとして生きる場所はここではない。

「どうだった？」

　兄は弟に特別なものを見せたつもりだったのだろう、どこか誇らしげに聞いてきた。

「素晴らしかったです」

　ラシェルは短くそう答えた。

「世界はもっともっと広い。我が国アルヴァロンはむしろ小さいくらいなんだ」

「……そうみたいですね」

「視野は広く持つべきだよ」

　一度決めた将来像に拘《こだわ》るなという含みを聞き、ラシェルは注意深く返した。

「必要のある人は、そうすべきでしょう」

　自分には関係ないと言わんばかりのラシェルを軽く睨《にら》み、クラレンスはやれやれと溜息を吐いた。

「頑固もいい加減にしてくれよ、ラシェル」

＊4＊

「ラシェル坊ちゃま、起きていらっしゃいますか？」

アンヌの声で目が覚めた。

「……今、何時くらい？」

「もう少しでお昼でございますよ。お部屋に入ってもよろしゅうございますか？」

「いいよ、もちろん」

数日前の夜中の旅を引きずってか、ここのところのラシェルは早寝早起きが出来なくなってしまっていた。

ベッドの上でまだぼんやりしているが、部屋に入ってきたアンヌはせかせかと忙しい。

続きのバスルームの浴槽に湯を張り、タオルやブラシ、着替えがずらりと用意されていく。神学校では全部自分でしてきたことだが、今はアンヌがやってくれるに任せている——罪悪感はあるにはあるが、アンヌから仕事を取り上げるわけにもいかない。

香油を混ぜたらしく、漂ってくる湯気には花の匂いが入り交じる。

「朝から入浴しなければならない？」

「外国からお客さまがいらっしゃいました。旦那さまの学生時代のお友だちだそうですよ。お連れさまもたくさんいらしてます。おしゃれしておいでとのことで、お衣装も指定されています」

「ああ、パーティなんだね」

「とりあえず、午後はハイ・ティで、夜にはパーティになるでしょう」

「ふうん」

ラシェルはゆっくりと風呂に浸《つ》かり、クラレンスが選んだという衣服を着た。

袖口と裾が広がった南国風のデザインだ。

上下とも柔らかいベージュの布で出来ていて、手の込んだ刺繍《ししゅう》がしてある。長めの黒いベストを合わせれば、ラフさが上手く抑えられた。

「あら、お似合いですこと」

アンヌの大絶賛はいつものことだ。

ラシェルが居間に出ていくと、複数の男女の笑いさざめく声がしていた。

はにかんで近づくのを躊躇《ちゅうちょ》するラシェルを見つけ、クラレンスが立ってきた。

背を押され、輪の中へと導かれた。

「紹介しよう、弟のラシェルだ」

にっこりと人懐こい笑みを浮かべ、掌を掲げて見せた色黒の男にはそこはかとなく見覚えがあった。

「大きくなったね、ラシェル」

彼は言った。

「ずっと前に一度だけ遊びにきたことがあるよ。わたしはマリク、忘れちゃった？」

忘れてはいない。

クラレンスの友人というよりは親友のアランのクラスメートで、南の国パラディオからの医学生だった。

帰国の途中に立ち寄り、ここに二泊だけ滞在したことがある。三本の弦だけしかない不思議な楽器の弾き方を教えてくれた。

当時クラレンスは十二歳で、まだイノセンティア学院に入学する前だったはずだ。

「歌を一緒に歌いましたね、マリク。あの三本の弦を爪弾きながら」

「きみはフルートを吹いてくれた。さあ、紹介するよ。これがわたしの妻。その隣も妻。そして、後ろにいるのも妻だよ。国に置いてきたもう一人の妻はお腹に子供がいるんだ」

目を丸くするラシェルに、クラレンスが耳打ちしてきた。

「パラディオは一夫多妻だ。養えるなら、好きなだけ妻を持てるってことだよ。医者のマリクは裕福だから、今のところ四人と結婚しているらしいな」

政治や宗教が違えば、当然のように価値観も変わる。

それを飲み込んで、ラシェルは客人たちに控えめながら微笑を向けた。

マリクは紹介を続けた。

「こちらは友人のシャーディ。王族でね、わたしたちをドラゴンに乗せてきてくれた。シャーディの奥方が二人、それから……——」

二十名がざっと紹介された。

クラレンスはその茶話会の席で、知らぬ間にラシェルが神学校に入ってしまい、それを連れ戻す自分の四苦八苦を面白可笑《おか》しく話して聞かせた。

「お兄さまの許可を得ずに将来を決めるなんて、悪い子ですね。パラディオでは鞭《むち》打ちされてしまいますわよ」

マリクの妻の一人が咎めるようにラシェルに言ったが、これもまた文化や習慣の違いである。

パラディオでは年長者——特に高い地位に就いている男の年長者の言うことは、絶対なのだ。

「そんなわけで、今現在わたしの可愛い弟は行方不明ということになっている。血判状なんぞに署名したものだから、どこかで見つかったと知れた途端、神官らに拉致されてしまうだろう」

「どうするんだい、これから」

数年間の留学で、こちらの文化や習慣をある程度理解しているマリクが心配する。

「どうしようかと思ってね……頭を打ったらしくて、記憶をすっかり失ってしまった、とかそういう理由はどうかと思っているよ。まずはウワサを流してしまおうか、とね」

王族のシャーディが提案してきた。

「いっそ我が国のほうで見つかったことにして、改宗したとすればいいさ。命の恩人の娘を嫁に貰ったと言ってやれば、神官らも諦めるだろうよ」

「それなら、嫁を複数持てる」

「お前たちのようにか？」

異教徒たちは、アルヴァロンの神官が清童でなければならないことを取り沙汰し、理解し難いと首を捻《ひね》った。

ごく控えめな態度でラシェルは説明した。

「ペガサスに乗らなければ神殿に行けないのですよ、険しい山の頂上付近にありますから。それに、神官は冠婚葬祭のために国を縦横無尽に移動しなければなりません。ペガサスに乗れない神官はありえません」

「神殿を低いところに移せばいいさ。神官を各地域に派遣しておけば教えも行き渡るし、冠婚葬祭も滞りなく行える。そう思わない？」

いかにも合理的なマリクの言い分だが、宗教というものは往々にして理不尽な一面を持ち、問答無用の決定事項がある。

だから、ラシェルもこう言うしかない。

「遠い昔からアルヴァロンではこうなのです。あの霊山の上に位置する神殿でなければ、神の声は聞こえません」

「ずいぶんと偏狭な神だな」

と、シャーディ。

「大人の男にあるべき欲望を封じ、ペガサスを乗りこなせと命ずる神にわたしは頭を下げられるだろうか」

「欲望を封じるのは神官だけです。それだから、神官は特別なのですよ」

「ふうん」

シャーディはラシェルをじろじろと眺めた。

「なるほど、確かにきみは特別な存在のようだ。ほとんどの女よりも美しく、たおやかだからね」

ラシェルはカッと頬が赤らむのを覚え、顔を伏せた。

「ハッハッハ」

いささか唐突にクラレンスが笑い出した。

「シャーディは少年もいけるのかい？　美しい奥方たちの前で口説くとは、なんと肝が太い男なんだ」

「兄の前で弟を口説くのにもびっくりだよ」

マリクも言う。

「いやいや」

シャーディは否定した。

「わたしは少年を抱いたことは一度もないよ。きみの弟があまりに美しいので、思ったままを言ったまでだ。性体験をしていない年長の少年とは、こうも美しいものかな」

「臆面もなく、また」

マリクはシャーディをからかったが、シャーディは澄まし顔だ。

「たぶんこの子は特別なのだろう。偏狭なアルヴァロンの神も相好を崩すのではないかな」

「あなたはラシェルを神学校に戻せ、と？」

「どうだろうな。神を怒らせるのはゾッとしないが、神の独り占めには腹が立つね」

シャーディの瞳がぎらりと光り、それを受けてクラレンスの緑の瞳も閃《ひらめ》いた――いずれも神をも畏れぬという強い意思の男たちである。

「わたしも同感だ」

二人は同時に笑い出した。

この笑いに参加は出来ないが、彼らが同類なのだということはラシェルにも分かる。

「お部屋の準備が整いました」

執事のアルトナンが言いにきた。

「奥様方は、夜のパーティまでお部屋でお休みになられるのもよろしいか、と……お申し付け下されば、浴室の準備もすぐにいたします」

「お前たち、部屋に下がっていなさい」

シャーディが妻らに言い、マリクとその友人たちもそれに倣った。


王都からユニコーンを飛ぶように走らせ、夕方に馬車が数台到着した。

クラレンスの婚約者であるカロリーヌと友人のアランたちだ。

そして、パーティが始まった。


各々の顔合わせが済んだ後は無礼講だった。

クラレンスはしばらく会えていなかったカロリーヌをはべらせて男たちと会話を楽しみ、アランとマリクは医者同士の話をしていた。

マリクやシャーディの複数の妻たちはその側に控え、夫やその友人の酒や飲み物に気をつけながら、小声で仲良く女同士の会話をしている。

ラシェルはどのグループにも混じらずに、少し離れたところにいた。

料理を摘むだけで相変わらず飲酒は自重していたが、この古城の広間が華やかな雰囲気に満たされるのは嫌ではなかった。神官を志す自分がいるべき場所ではない、という気持ちはあるにせよ……。

夜が更けると、一組、また一組…と人々は各自の寝室に消えていった。

ラシェルが驚いたことには、パラディオ国の夫は友人に妻を貸与するらしい。寝室に引き上げた二人組の中には意外な組み合わせがいくつかあった。

クラレンスが早々にカロリーヌと部屋に籠もったので、主催者としてラシェルは居残らないわけにはいかなかった。

まだフロアにいるのは女性ばかりが四人。

彼女たちのうち少し年かさの女性がラシェルを手招き、他愛のない会話の中へと引き入れた。

優しげな仕草、さりげないボディタッチ、値踏みするかのような視線……なんとなく迫ってくる空気に気圧《けお》されかけた。

世馴れないラシェルはひどく居心地が悪かったが、クラレンスの名代として我慢しなければならない。

鈍いラシェルだが、しばらくすると、自分が彼女たちの誰かと一緒に消えない限り、この場は終わらないのだと気がついた。

ラシェルは尋ねた。

「旦那さまに、僕の相手をするように言われているんですね？」

「それはそうですけど、あなたのような美しくて可愛らしい少年には大抵の女は興味を持ちますよ」

「僕は聖職に就こうと思っている人間なので、同衾《どうきん》は出来ません。みなさん、それぞれに休みましょう」

「あぁら、残念ね」

女性たちは牽制《けんせい》し合うのをぴたりとやめた。

そして、意外なほど遠慮のない質問を浴びせてきた。

「ラシェルさん、女性を抱きたいとは思わないんですか？」

「お若いのだから、我慢出来ないような感じになることもあるでしょ」

「いいえ、あまり…」

赤面し、ラシェルは口籠もる——どうやら自分は普通の男ではないようだと思いながら。

「淡泊なのね。だから、神学校に行こうなんて思うんだわ」

「もしかしたら、単に男性のほうがお好きなのかも。ご自分では気がつかないだけで」

そう嫌味のような言葉を投げつけ、四人はそれぞれの寝室に引き上げていった。

アルトナンらに片付けを任せてから、ラシェルは裏庭に出た。

客人が乗ってきた馬車のユニコーンたちが、のんびり草を食べていた。彼らの御者は使用人のための部屋で休んでいるのだろう。

『撫でてもいいかい?』

『おや、オレたちと話せるんだね』

ラシェルはユニコーンの身体を撫で、感触と温もりに癒されようとした。

滑らかなその身体にそっと凭《もた》れた。

ダメでもともと…と、神学校まで乗せていってくれないかと持ちかけてみた。

『御者がいいと言えばそうしてやってもいい。けど、あいつは結構なお礼を要求すると思うよ』

そう——ペガサスもそうだが、幻獣たちは人間と一対一の信頼関係を結ぶ。基本的に相棒以外の者の言うことは聞かない。

『お金はないや』

『この城の坊ちゃんなんだろ?』

『でも、ないんだよ』

アンヌには一度金の無心をしてみたことがある。

『出来ません、申し訳ありません』

彼女はスカートに顔を埋《うず》めて泣いた。

『預かっているお金は少しも使っておりませんよ、

お坊ちゃまのお金ですから。いつか必ずお返ししますが、今は兄上さまにお渡ししてはいけないと言われているのです……お許しください』

ラシェルはユニコーンたちから離れた。

小屋に背中を預け、星が瞬《またた》く空を見上げる——思うようにならないもどかしさで苦しいが、星空を美しいと感じる心はまだあった。

兄のクラレンスはカロリーヌとアルトワ伯爵家を盛り上げていけばいいのに、なぜ血の繋がらないラシェルに拘《こだわ》るのか。

父の伯爵に約束したからだろうか。貴族の子弟として、恥ずかしくない教養と生活を与えよ、と。

しかし、社交が苦手なラシェルには貴族の生活は向かない。

他国の女性たちの誘惑はまるで辱めだ。

（ああ、神学校に戻りたい……）

規則正しく、充実した日々がつくづくと懐かしかった。

（神官になったら、神に兄さまとカロリーヌ嬢の幸せを祈るよ。二人の間に生まれる子供の幸せもね。だから、だから……——）

アルトワ伯爵家から出るのを許されたい。

クラレンスとカロリーヌはしばらく会っていなかった。今夜はきっと同じベッドに横たわり、睦み合っているに違いなかった。

ラシェルはふとペガサスたちの交尾を思い出した。生物として正しい行為だ——彼らはみな美しかった。

しかし、人間たちのそれとなると、どうなのだろうと思ってしまう。あの器官が堅く膨張する様は滑稽を通り越し、グロテスクだとしか思えない。

「……あさましい、な」

自分の低い呟きに、男女の睦み合いに対する嫌悪感があるのを気づかされた。

季節を問わず、どうして人間はあんなことをするのだろう。

（愛情の証《あかし》として？　子供を作るためなら仕方がないけど、快感なんて付帯するから、厄介なことになる）

夫の友人を肉体でもてなすようにと言われる妻。その行為で出来た子供は夫のものになるのか。それとも、堕胎させられるのか。

愛情ではなく、一夜の快楽の結果として出来た子供は、どうにか産み落とされたとしても、幸せになれないかもしれない。

今夜カロリーヌに子が宿れば、彼女を愛しているクラレンスは喜ぶだろう。その子が幸せに育つように全力を尽くすはず。

（そしたら、兄さまは僕に執着しなくなるかもしれない……？）

それならめでたしめでたしだと思ったものの、心は意外なくらいに晴れやかにはならなかった。

実のところ、軽薄で我が儘なカロリーヌは、クラレンスには似つかわしくないとラシェルは思っている。クラレンスの自由さを補うためには、もっと自制心のある女性でなければならない、と。

クラレンスがラシェルを気にかけてくれるのと同様に、ラシェルは兄として慕っているクラレンスの幸せをこの世の誰よりも願っていた――弟として、もちろん。

＊

翌日、女たちはボート遊び、男たちは鹿狩りへ。無駄な殺生を好まないラシェルは自室にいた。

男たちが鹿二頭を持ち帰った後は、昨夜に引き続いてパーティが開かれた。クラレンスとシャーディがそれぞれ一頭ずつ仕留めたらしく、その武勇伝が披露された。

それを楽しく聞くことが出来たのは、ラシェルにも密かに男の狩猟本能があるからか。

その翌日は、町長の案内で女たちはワイン蔵の見学と買い物に出かけ、男たちはボードゲームやカードに興じた。

そして、夜はまたパーティ……。

腹が満たされると、男たちは昼間に続いてゲームやカードを始めた。酒が入り、勝負に賭け金が積まれるようになると、ラシェルはさりげなくその場から離れた。

会場から抜け出しても誰も気づかないだろうと踏み、一人バルコニーで涼んだ。

手摺りに頬杖をつき、夢見るような瞳を遠くに向ける。

空にはぽっかりと丸い月が昇り、湖の水面にそのまま映り込んでいた。

（……湖に住む魚たちは、あの明るい円をなんと思って見上げているんだろうな）

ラシェルがそんな空想にぼんやりしていると、シャーディがやってきた。

探したよ、と彼は微笑んだ――気位の高い王族とは思えないほど、人好きする男である。

「もう部屋に戻ってしまったのかと思った」

褐色の肌に縮れた黒髪の異国の男は、兄のクラレンスを最上とする身贔屓《みびいき》なラシェルの目から見ても美男である。

体格的にもクラレンスと同じくらいだろう。

「ゲームはいいんですか？　勝ちが続いているみた

いでしたけど」

「これ以上居座ったら、嫌われてしまうからね……潮時をわきまえないと」

「僕の兄はわきまえませんが？」

「ああ、クラレンス……彼は感情表現が豊かだから、見てて楽しい男だよ。どんなに勝ち続けても、周りが楽しいなら許されるのさ。わたしはあまり顔に出さないタイプでね」

「賭け事の場ではそれが普通だと思いますよ」

飲もうよと渡されたグラスを拒否することは出来ず、言いなりにグラスとグラスの縁を打ちつけた。

「乾杯」

かの国においては全部飲むのが礼儀だが、ラシェルには無理だった――かなり濃いめに作ってあるウイスキーなのだ。

「あまり強くないんだね、兄上と違って」

「ぜんぜん似てないでしょう？」

「似てたほうがよかった？」

琥珀《こはく》色の瞳で優しく聞かれて、ラシェルは首を横に振った。

「似ていたら、もっと辛かったかもしれません。なにをしようと、兄に適《かな》うわけがないもの」

「辛かったんだ？」

優しげに問う男の包容力を感じ、ラシェルは曖昧に逃げる必要を感じなかった――そう、辛かったと認めるのは恥ずかしいことではない。

「僕は兄のようになんでも出来るわけではないし、誰にでも好かれるタイプではないですから」

「でも、きみはきれいだよ」

言いながら、シャーディは手を伸ばしてきた。

思わず身構えてしまったが、頰に与えられた温もりにラシェルはほっと息を吐いた。

「作り物のように美しい顔立ちに、こんな金髪と青い優しい瞳を持っていて、辛い…なんて言われてはね。きみはずっと眺めていたくなるほど美しいよ」

「……意味ないですよ、男ですから」

「そうかな？」

シャーディは至近で瞳を閃かせた。

「昨日も言ったけど、わたしは同性とベッドを共にしたことはないが、きみを見ているとそうしてもいいような危うい気持ちになってくるね」

「ダ…ダメですよ、そんなことを口にされては」

ラシェルは頭を振った。

「あなたには奥さんが二人もいるじゃありませんか。彼女たちが聞いたら、どんなに悲しむことでしょう」

「一夫多妻の国ではね、妻たちは嫉妬の感情を表に出さない」

「それは女同士だからでは？　相手が男となれば、黙ってはいないでしょう」

シャーディはここでふふっと笑った。

「ところで、きみ、わたしの妻をふったそうだね。聞いたよ。気の強いのが玉に瑕《きず》とはいえ、大きな胸が自慢のなかなか魅力的な女のはずだ……これまで男性に拒まれたことがなかったから、少々自尊心を傷つけられたらしいよ」

「そ、そんな…申し訳ないです。奥様が好みでなかったわけではないんです。ただ、僕は神官を志す者ですから、誰とも同衾はしないだけで……」

ふとラシェルは気づいた。

「ああ、もしかして、シャーディさんは兄に頼まれたのでは？」

「弟を大人にしてくれないか、とね」

「うっかり僕が女性の誘惑に乗ってしまえば、神官にはなれなくなりますから」

「それでもね、兄上は翌朝なにもなかったと聞いて、どこかホッとしたような顔つきをしたんだよ。よほどきみが可愛いんだな。手放したくないんだね」

ラシェルは困惑し、自分を可愛がりすぎる兄を笑うような心境には至らなかった。

「……兄さまは僕をどうしたいんでしょうね」

「貴族の男として幸せになって貰いたいのさ、兄心だね。今日の狩りのときにも、親戚筋のカペー家に養子縁組を持ちかけて、子爵家を再興させようかって話していたよ」

「ああ、そんな話が……――有り難く思うべきなんだろうけど、僕には貴族の生活は楽しめないです」

ラシェルは溜息を吐いた。

「狩りも賭け事も好きではないようだね」

「ダンスも好きじゃないですよ」

「好きなことはなに？」

「絵を描くことやフルートを吹くこと……それから、詩や小説を読むことかな。ぼうっとしているのも好きです」

「ぼうっとしてるの？」

シャーディは微笑んだ。

「とりとめもない空想に浸るんですよ。鳥になりたいとか、身体が透明になったらなにをしようとか。呆れます？」

「面白いね」

ラシェルの言葉をそう受け止めてから、彼は言った。

「ラシェル、わたしの国に来ないか？」

いささか唐突な申し出に、ラシェルはただ目を丸くした。

「もし、きみが兄上と距離を取る必要があると思うのなら、外国に行くというのも一つの選択かと思うよ。神学校なんて窮屈なところに逃げ込まなくてもいいんだ」

「神学校は、僕にとって窮屈な場所ではないですけど……」

「でも、アルヴァロン王国が讃《たた》える神は、わたしとしては偏狭な神に思えるね。あれもダメ、これもダメと人の道を決めつける」

「神ってそういうものでしょう？」

「わたしの国には、酔っ払いや盗人、賭け事に勝つための神もいる。まあ、女性には少しばかり厳しいことを言うがね」

シャーディの琥珀色の瞳は、王都の屋敷で母が飼っていた黒猫の瞳によく似ていた――人を引き込み、魅了する。

「きみはなぜ神官になりたかったの？」

「なぜって……」

改めて聞かれると、返答に困る。

出生の秘密を知り、これ以上はアルトワ家にいられないと思ったのがきっかけだった。

神学を教えにきていた神官に才能があると言われていたのもあって、ちょうどいいとばかりに神学校に身を寄せることにしたのだ。

本当はそれほど信心深い人間ではなかった。

それでも、教典の中の教えの句は染み込むように入ってきたし、神学校の規則正しい生活はラシェルに合っていた。

冷静に考えれば、両親を失ったばかりだったので、茫然とした状態から回復するのにうってつけだっただけかもしれない。

「……神に仕えれば、自分の存在の罪深さが許されると思っていたんです」

「きみは罪深いの？　いや、罪深くない人間なんているんだろうか」

「あなたも罪深い？」

「わたしの罪の匂いに気づかないかい？」

そこでシャーディは猫のような目を細めて、顔の表情だけで大胆にラシェルを誘ってきた。

ラシェルは彼に惹かれかけている自分に気づいたが、どう応えたらいいのか分からなかった。

シャーディはラシェルの手を取り、おそらくはその所作が神官の親愛の情を示すとは知らないままで、ラシェルの手の甲に口づけした。

「わたしはきみを側に置きたいな」

本気で言っているのだろうか。

「……僕を、側に？」

本気なら困るけれど、冗談ならば少し切ない気分になりそうだ。

気のせいか、頭がくらくらしてきた——シャーディの魅力がラシェルの心の奥を揺さぶっている。

愛されたい、誰かに寄り掛かりたいという自立とは反対側の欲求だ。

彼は無意識なのだろうか。もし意識的にやっているのならば、これは結構な罪人である。

シャーディは言った。

「最初は友人として滞在するのでも構わないよ。わたしを好きになってくれれば、恋人として……きみは男だから妻の一人とは数えないが、家族の一員に加えることも出来る」

「そ…そんなことが出来ます？」

「わが国パラディオではそれほど珍しいことでもないよ。男女の恋愛よりも、むしろ友情を超えたという点で尊敬もされる」

「アルヴァロンでは有り得ないな」

男同士、女同士は黙認はされても、子孫繁栄という点で評価されない。

「わたしの国のほうが生きやすいよ、きみは」

気がつくと、シャーディに後ろから抱き締められていた。

みっしりと筋肉に包まれた逞しい身体は、華奢なラシェルをすっぽりと包み込んだ。

「わたしが呼べば、すぐに青いドラゴンが現れる。ひとっ飛びで国境のある砂漠を越えていけるだろう」

耳たぶに熱い息を吹きかけられ、ラシェルは戦慄《せんりつ》した。

（青いドラゴン…か、見てみたいな。フェイに似ているんだろうか。砂漠も見たことがないな。地平線までずっと乾いた砂の土地が続くって聞いたことがあるけれど……）

シャーディはまた囁いた。

「ね、わたしの国に来るかい？」

ラシェルはシャーディを振り仰いだ。

視線と視線が絡み合う――シャーディの瞳の中に捉えられた自分を見つめながら、ラシェルは彼を好きになるのに努力は要《い》らないと思った。

内側から身体が火照ってきた。

（……ああ、僕は酔っ払ってしまっているな）

正常な判断は今は出来ないかもしれない。

「答えは今？」

「すぐに欲しいね、出来れば」

「こうも酔ってると、あなたに引っ張られた答えになってしまいそう」

「引っ張られて欲しいんだよ」

シャーディの目から視線を逸《そ》らすことが出来ない。その目がどんどん近づいてきて、尖《とが》った鼻先がすぐそこに見えた。

心臓が不穏な鼓動を打ち始めたことで、自分がのっぴきならない状況にいると意識した。

どこからか妖精たちが飛んできて、幻想的な雰囲気を演出する。

昔馴染みの妖精が耳元で囁いてくる。

『ラシェル、キスをするのね？　素敵な男性だわ』

肯定的なウィウィが言うのに、ノンノンはフンと鼻を鳴らした。

『男同士でキス？　やめとけ、後悔するぞ。神官は恋愛御法度だ』

『神官にならなきゃならないってことはないのよ』

『一度決めたことを覆すのか……ハッ、男らしくないな』

シャーディの唇が重なろうとしたとき、すんでのところで我に返り、ラシェルはさっと身を引いた
——キスなんて出来ない。

恋愛をしてはいけないのだ。


いよいよ神学校には戻れなくなってしまう。

「どうして？　わたしが怖い？」

寸前でかわされたにもかかわらず、シャーディは怒らなかった。

彼には拒絶が新鮮だったのかもしれない。

やんわりとラシェルを抱き直し、大きな掌で頬に触れ、汗ばんで縺《もつ》れた髪を優しく撫でてきた——甘やかすかのように。

「わたしはきみを愛することが出来るよ。甘い口づけに酔わせながら、きみの身体の全てに触れたいと思っている」

「……お、男ですよ？」

「構わない。きみはきれいだからね」

絡めた視線を決して外させないまま、シャーディはラシェルの足の間に膝を入れてきた。

「！」

このときまで、ラシェルは自分の身体の変化に気づいていなかった——胸の鼓動が激しすぎて、そこまで意識がいかなかったのだ。

深く入ってきた膝に、ラシェルは激しく狼狽えた。

震える指がグラスを取り落としてしまう。

ガッシャーン！

その音に弾《はじ》かれるようにして、ラシェルはシャーディを力一杯突き飛ばした。

シャーディは転びこそしなかったが、二歩三歩後ろへとよろけた。

「ダメ…ダメです、ダメ」

ラシェルは激しく頭を振った——自分で自分を抱くようにして頽《くずお》れ、膝をついた。

「ダメってことはなかったけどな」

シャーディの呟きを聞き、ラシェルは穴があったら入りたいような思いだった。


そのとき、レースのカーテンを捲りながら、クラレンスが姿を現した。

「そこにいるのかい、ラシェル」

ラシェルにとっては天の助けだ。

「グラスを落としたような音がしたけど、怪我は…——おや、シャーディ。きみもここにいたのか」

「きみの弟と二人で月見をね」

シャーディは何事もなかったかのように答えたが、ラシェルの様子、二人の間の微妙な距離、空気…などから、クラレンスはなにが起きたのかを察したようだ。

「わたしが頼んだのはきみではなく、きみの奥さんにだったはずだが」

「妻は首尾よく…とはいかなかったようなのでね」

「きみなら首尾よくいくというのかい？」

「さあね」

シャーディはくっくと笑った。

「きみが現れなかったら、もう一押し出来たんだけど…——」

燃えるような緑の瞳が射るように見てくるのに、シャーディは両手を挙げた。

「おいおい、そんな目で睨まないでくれ。怖いなあ。なにもしてないよ、まだ」

「シャーディ！」

「しょうがない、保護者が来たからにはわたしは引き下がろう」

シャーディは去りかけながら、ラシェルに言った。

「妻がふられたことの仕返しだなんて思ってくれるな。わたしは結構本気だよ、ラシェル。きみらしく生きられる環境を約束しよう」

「………」

「わたしなら、いつでもきみを掠《さら》いにこられるよ。きみがそう望んでくれるのならね」

さっさと寝にいけとクラレンスに怒鳴られ、シャーディはやっと立ち去った。

「……油断のならない男だな」

そう吐き捨てながら、クラレンスはラシェルに近づいた。

「怖い思いをしたんじゃないか？」

転んだ子供を抱き上げるかのように腕を回してくる——と、ラシェルはそれを振り払わずにはいられなかった。

「触らないでっ」

ラシェルは言って、腹を守るかのように膝を抱き、小さく蹲った。

「ど…どうしたんだ？」

「さ、触って…欲しくないんです。ごめんなさい。なんだか、僕…身体がおかしくて、今」

「おかしい？　痛いのか？」

「い、痛くはない……ただ、熱いんです。さ、触れただけで、熱くなってきちゃう……ああ、こんなことは滅多に……」

ラシェルは訴えたが、その声は震え、あまりにも切なげに響く。

「ラシェル、お前……――」

クラレンスはもうラシェルに説明を求めずに、自分の目で状況を把握しようとしたらしかった。

全身を這い回るその視線に耐えかねても、ラシェルは立ち上がることも出来ない。

「ど…うしよう、どうしたら…――」

ラシェルは腕を胸の前に交差させ、自分で自分を抱き締めた。

なにかピンとくることがあったのか、クラレンスはそんなラシェルを優しげな声音で誘導した。

「ラシェル、顔をちょっと上げてごらん。触らないから…な？　顔をちょっとだけだ」

ラシェルはゆっくりと顔を上げた。

クラレンスは一定の距離を置いたままで、ラシェルの目を覗き込んだ。

「ああ、やっぱりか……瞳孔の動きがおかしい。お前、シャーディにクスリを盛られたんだよ」

「クス…リ？」

「媚薬《びやく》の類だろう。ホント、油断ならない男だ。王族でなければ、一発殴ってやるところだ。いや、王族だろうと殴ってやりたいっ」

クラレンスは激しく舌打ちし、拳をぎゅっと握った。

気づいて、ラシェルは震える手でその物騒な拳をぎこちなく包んだ。

「そ…そんなことしたら、兄さま、ダメです……国際問題になってしまう」

クラレンスは低く「ああ」とだけ答えた。

薄い布を被せられ、アンヌに連れられてラシェルはこっそりと宴会場を出た。

「お風呂に入られるといいかもしれませんよ」

温《ぬる》い湯に浸かり、冷たい水を飲むと一旦は落ち着いたが、アンヌが部屋を出て、一人ベッドの中に残されると、再び淫靡《いんび》な感覚が戻ってきた。

どうしようもなく足の間が突っ張る。

ベッドの上での横たわり方が決まらず、何度も寝返りを打つが、かえってそれが刺激になってしまうのには閉口した。

身体は熱く、喉が異常なくらいに渇く。

（ど…どうすれば……――）

身体が大人に変わるときでさえ、こんな状態になったことはなかった。

耳の奥でシャーディの囁きが甦《よみがえ》る。

『わたしの国に来るかい？』

『きみの全てに触れたいと思っているよ』

『いつでもきみを掠いにこられる』

それらは波のようにラシェルの脳に押し寄せ、揉《も》みくちゃにし、興奮の泡に塗《まみ》れさせようとする。

触って欲しい、身体に。

今すぐにでも。

（ああ、気が狂いそうだ！）

股間の状態を知りたくても、そこに手をやるのが怖い。

これまで手淫は一度もしたことはなかったが、今はどうすべきか分かっていた。

顔を枕に埋め、ラシェルは必死に聖句を唱えた。

このまま治まってしまうのが望ましいが、手を使わずに射精するのは許される。

しかし集中しきることは出来なかった。

熱を帯びた頭で、異教徒には不寛容だと言われてしまう神の教えを疑った。

神には妻がいるのに、なぜ使徒たちには婚姻を許さないのか。

快感だけを目的に性交をしてはいけないのなら、なぜ行為に快感があるのか。

身悶えし、汗まみれになりながら、生殖にも快感追求にも繋がらない高ぶりを持て余す。

「う…ううっ」

堪えきれず、ついに下着の中に射精してしまった。

濡らした下着を脱いで、ふうっと息を吐いた。

これでやっと眠れると思ったが、横向きになった途端に寝間着の布地に先端が触れ、また股間に緊張が走った。

股間に心臓があるかのように、ドクドクという脈打ちが全身に行き渡る。

(ど…どうなってるの……?)

戸惑いと自分の身体への嫌悪――ああ、こんなものはなくていい。

性欲に耐えかね、去勢したという神官を思い出す。野生のペガサスたちを霊山に迎えたとき、彼らもその場にいたはずだ。

神官たちは実った作物を眺めるかのように、ペガサスたちの恋愛と行為を見守っていた。

(でも、僕は…彼らの行為を目の当たりにして、興奮してしまったんだ。僕は自分を淡泊だと思っていたけど、違うのかもしれない。ただ具体的なことを知らなかったから、こういう状態になったことがなかっただけかもしれない)

ガチャとドアノブが回った音に、ラシェルは飛び起きた。

「ラシェル、どうだい？」

天蓋から垂れたカーテンごし、近づいてくるクラレンスとアランが見えた。

ラシェルは立てた膝で股間を隠したが、動作の刺激でそれは一層硬くなってしまった。

クラレンスがカーテンを開き、アランがベッドに腰を下ろす。

アランはクラレンスの親友なので、昔からラシェルも顔見知りだ。あのシャイエ男爵の末の弟でもある。

兄弟の容姿は似通っているが、冷淡な男爵とは違い、アランからは性格の温かさが滲《にじ》み出ている。

「シャーディは酒に混ぜたと言ってたけど、全部は飲んでなかったよね？　局部に直接塗られたわけじゃないから、そう持続はしないと思うんだけど……」

ラシェルは首を横に振り、なかなか治まらないと訴えた。

「大丈夫、何度か射精すれば治まるよ」

「い、一度は……——」

「じゃ、もう一回さっさと出してしまおうか」

こともなげにアランは言ったが、出来ないとラシェルは首を横に振った——神学校では手淫は禁じられているから、と。

「ラシェル、ここは神学校ではないよ。それにね、一度も自分を慰めたことがない男性はおそらくいない」

「オ…オルスさんは……——」

「オルスは…そうだね、したことがないかもしれないね。だって、彼は義母に虐待を受けたとき、陰茎を切られてしまったからね」

「え？」

「内緒の話だよ。オルスには、わたしが話したって言わないで欲しい」

ラシェルはこくんと頷いた。

「さあ、どうしようか。自分でするのが一番いいと思うけど……」

頑固にも、ラシェルは首を横に振った。

「僕はしません。さっきみたいに、また勝手に出るまで待ちます」

「辛いし、眠れないよ？」

「構いません。あの…僕の手を縛ってくださいませんか？」

アランはどうしようかと問うようにクラレンスを振り向いた。

しかめっ面《つら》のクラレンスは首を横に振った。

「アランは出てくれ。わたしがラシェルと話すから」

「手荒なことはするなよ」


心配しながらもここは保護者に任せると決めてか、アランは静かに部屋を出ていった。


クラレンスにとって、膝をきつく抱いて蹲っているラシェルはいつにも増して小柄に見え、幼い子供のようにいじらしく思われた。

それなのに、頑迷《がんめい》なまでに考えを変えようとしない。

（神官になるのを諦めていないのか、ラシェルは）

かなり辛い状態のはずなのに、精液を放出するという簡単な解決方法を拒むのは理解に余る。

（家長であるわたしが神官にさせないと言っているのに、まだ学校に戻ることを考えているとはな）

兄らしく、優しく接してやろうという気持ちがふと剝《は》げた。

もともとクラレンスは信心深い人間ではない。父と義母を続けざまに失い、いよいよ神という存在に疑問を抱くようになってきた昨今だ。

どれほど祈ったか分からないくらいだったが、父の具合が好転することはなかったし、義母は自ら命を絶った――クラレンスはいつも家族の幸せだけを願ってきたのに……。

「ラシェル、こっちを向きなさい」

呼び掛けに、ラシェルは膝小僧にくっつけていた額を上げた。

怯えを浮かべた目がクラレンスを見る。

（なぜそんな目を？）

殴るとでも思っているのだろうか。それとも、シャーディの手にかかったことを恥じているのか。

神学校に戻りたい気持ちを消すことが出来ずに申し訳なく思って……――いや、アルトワ伯爵家で育ったこと、この世に生まれてきたことまで悔いているのかもしれない。

細くした目でラシェルを見つめるものの、クラレンスの心では嗜虐《しぎゃく》の炎が燃えていた。

（ラシェル、お前はわたしに罵られたいのか？ ならば、そうしてやってもいい。お前はわたしの弟としては役不足だ。銃を獲物に向けることが出来ないから狩りには行けず、チェスもカードも弱すぎる。身体も弱い。わたしたちは男兄弟なのに、取っ組み合いの喧嘩《けんか》は一度もなかったな。正直に言えば、なんでわたしの弟がこういう感じなのかと思ったこともあったよ。……それでも、わたしはお前が可愛い。たった一人の弟だと思ってる。今となってはたった一人の家族だ。血が繋がっていないと知っても、愛情は少しも減らない。それなのに、どうしてわたしの側にいたがらないんだ？）

神学校なんぞに戻らせるつもりはないし、シャーディにも渡すつもりはない。

（たった一人の弟だ。可愛いわたしの……そう、わたしのものだ、お前は）

クラレンスは上着を脱いで、ラシェルのベッドに乗り上げた。

「に…兄さま」

「辛いよな。わたしが楽にしてあげよう」

クラレンスがなにをしようとしているかを察し、ラシェルは立てた膝を抱く腕に力を込めた。

「ダメ…ダメだよ、触らないでっ」

クラレンスは丸まっているラシェルを背中から抱き込み、その白い首筋に歯を立てた。

「…っ」

思いがけなく与えられた痛みに怯んで、ラシェルは一瞬力を抜いてしまった。

そこを見て取り、クラレンスはラシェルの左腕だけを捻り上げ、横倒しにした。右腕は身体の下になり、もうラシェルは足の間を隠すことは出来なかった。

寝間着の前が押し上げられているのを目にするや、クラレンスはそこを手でぎゅっと摑んだ。

ラシェルが喉で尖った音を立てた。

「……自分ではろくに触ったこともないんだろ？」

「………」

全身を硬直させ、ラシェルははらはらと涙を零した。

それを哀れに感じながらも、クラレンスは行為を止める気にはならなかった。躊躇するどころか、一層…——。

（弟だぞ？）

クラレンスは自分を諌める必要を感じた。

（わたしがすべきなのは、媚薬の影響で勃《た》ってしょうがないものをどうにかしてやることだ。体力的にラシェルは二度三度射精すれば、それ以上はなにも出せなくなるだろう）

横向きに寝ているラシェルの背に胸をつける形で寄り添い、クラレンスは寝間着の布の上からラシェルのそれを慰んだ。

二人とも無言だった。

唇を噛み締め、ラシェルは微《かす》かな呻《うめ》きも漏らすまいとする。

クラレンスは出来るだけ機械的に、だが要所を押さえた方法で射精を促した。

放出は造作もなかった。

ラシェルは四肢を突っ張らせ、クラレンスの手首に爪を立てた。

寝間着の前がべっとりと濡れた。

クラレンスはすぐさまそれを脱がせ、新しいものを着せるつもりだったが、脱衣の刺激だけでまたそれがゆらりと勃ち上がった。

ラシェルの裸体を目の当たりにし、クラレンスは我知らずごくりと生唾を飲んだ。

ラシェルのそれは出生して間もなく割礼《かつれい》を行ったせいで先端の形こそ成人と同じだが、だいぶ小振りで初々しい色をしていた。

（もう十八になるのに、ラシェルはこんなか……この子はどこもかしこも美しいな）

隠したかったのだろうが、ラシェルはもう寝返りを打つことも出来ない。

掠れ声で言ってきた。

「……み、見ないでください。は…恥ずかしいから」

恥ずかしいなどという単語をベッドの上で聞いたのは、いつ以来だろう。少なくともカロリーヌの口から出たことはない。

（これは…堪らないな。どんな処女よりもずっと処女らしい態度だ）

なにも知らないラシェル――そのくせ、シャーディのような手練《てだ》れの男をその気にさせた。

（誰にも…誰にも渡さない！）

クラレンスは自分が興奮してきたのを認識しつつも、面《おもて》に出すのを堪えた。

「見るさ」

むっつりと言った。

「見なきゃどうも出来ないからな」

ラシェルの淡い青い瞳が、新たに湧《わ》いてきた涙でぼうっと滲んだ。

「ね、もう……放っておいて。お願いですから」

「弟を放っておけるわけはないだろ？」

「お…弟にすることじゃないもの、こういうこと」


ラシェルの主張はもっともだった。

だから、売り言葉に買い言葉のようにクラレンスは言ってしまった。

「弟ではないよな、本当は」

「……」

ラシェルの目に失望が浮かび、クラレンスは失言を自覚したが、どう撤回したものかは分からなかった。

クラレンスはおもむろにラシェルのそれを掴み、いささか手荒く扱《しご》き始めた。

二度目…いや、三度目はさすがに時間がかかった。我慢しているつもりはないのだろうが、射精の瞬間を怖れ、身体が躊躇するようだ。

ラシェルはシーツを掴み、髪を振り乱していた。声を出すまいと唇を噛んだままだが、汗と涙で美貌は濡れて光っている。

脇腹が震え、もう達するかと思いきや、逃してしまう。

クラレンスが思わずチッと舌打ちすると、ラシェルはぶるると震えた。

「――も…もう、放っておいて…ください」

「わたしが達《い》かせてやるよ」

クラレンスはラシェルの足の間に屈み込み、先走りで潤んだ先端を口に銜《くわ》えた。

「!?」

驚いたラシェルは四肢をばたつかせようとしたが、太腿《ふともも》を強めに叩いて鎮まらせた。

「あぁ…兄さま、そんなことは……く、口が汚れてしまいますっ」

ラシェルは泣き出したが、構わずにクラレンスは舌と指で追い上げにかかった。

いつしか鳴き声は嬌声《きょうせい》に変わった。

（気持ちいいだろう、ラシェル。兄さまが…このわたしが達かせてやるからな、ちゃんと）

ぐるりと先端を辿り、尿道口に舌先を当てつつ、指で根本を扱き上げる。

「し、信じ…られない。ぼ…僕は、どうなってしまう…の？」

濡れた甘い声が、クラレンスの鼓膜を震わす――どうにかなってしまうがいい、と。

もう頂点まで来て、先走りが溢れているのに、ラシェルは達することが出来ない。

クラレンスは指を伸ばし、ラシェルの後ろの窄《すぼ》まりに指先を食い込ませた。

「あっ、なにするの？　い…いやっ、いやぁぁ」

第一関節をくいっと曲げた。

その刺激で、ラシェルは背中を仰け反らせながら、ようやっと弾けることが出来たのだった。

「に、兄さま……口、放してっ。汚れちゃう。は…放して。放してくださいっ」

放してと言われて、放すほどクラレンスは初心《うぶ》な男ではない。

（気持ちいいだろう？　精一杯味わえ。そして、自分の身体がこれを望んでるってことを忘れるな）

青臭い体液を口で受け止め、ついでに飲み込んでみた――不思議な感動と共に。

（これがラシェルか……ああ、ラシェルだな）

他にどうしようもなく自分の口の中に達したラシエルが愛おしくて、愛おしくて堪らなかった。

最後の一滴まで吸い出し、舌で清めるように舐めた。

「……ぼ、僕たちは、兄弟なのに」

顔を両手で覆った隙間から、ラシェルは言った。

「お前がわたしを兄だと思ってくれるなら、わたしから離れていこうとしないで欲しい」

クラレンスは唇を拭い、ベッドから下りた。

「でも…でも、僕は兄さまのようには出来ないんです。貴族の男として、な…なにも出来ません」

悲痛な声に振り向く。

「それが悪いなどと言った覚えはないが？」

「貴族の男として…僕は、生きていけません。兄さまの期待には応えられないと、思う……だから、自分に向いている場所にいたかったんです」

いたかった、とラシェルは言った――語尾がすでに過去形だ。諦めたのだろうか、とうとう。

クラレンスは駄目押しする。

「神学校なんて許さない。シャーディの男妾《おとこめかけ》になることもな」

「シャ…シャーディはダメですか？　彼は僕を理解してくれそうだった」

「欲しいものを手に入れるためなら、甘いことを口にするのが男ってものだよ。媚薬を酒に混ぜるような手を使われたんだぞ。ひどい目に遭わされたと思わないのか？」

「あ…あぁ、ひどい目に遭いました……自分の身体が自分の身体じゃないみたいだった。怖かったです」

クラレンスは上着を着て、水差しからグラスに水を注いだ。

まず自分が飲む。

だいぶ温くなっていたが、今のラシェルには刺激はないほうがいいだろう。

「さあ、水をお飲み。起きられるか？」

「は…はい」

ラシェルは緩慢ながらどうにか自分で起き上がり、差し出されたグラスを受け取った。

飲みながら、もう一方の手でこちらは素早くシーツを下肢にかかるように掻き集めた。

今さらだろうにとクラレンスは思うが、その恥じらう仕草の艶《なま》めかしさが脳裏に残った。

ややあって、遠慮がちのノックがあった。

「入ってもいいかな？」

アランだった。

「どうぞ」

アランはベッドには近づくことなく、クラレンスに向き合った。

「どう？　鎮静剤と睡眠導入剤を持ってきたけど。落ち着いてきたのなら、眠らせるだけでいいと思うが？」

クラレンスはラシェルを振り返った。

「注射と飲み薬、どちらがいい？　飲み薬は粉末だから、少し苦いそうだが」

苦いを強調して言う――注射と苦い薬は、ラシェルにとっては究極の選択となるのを知った上で。

「……飲み薬をください。あと、水を多めに」

困惑しつつもラシェルはどうにか選択し、精一杯の自衛策を加えた。

途端に、クラレンスはなんだか愉快な気分になってきた——不謹慎にも。

込み上げる笑いを必死に堪えた。

（子供だな。ラシェルは、まだまだ子供なんだ）

幼く、可愛いばかりの弟。

クラレンスがよく知っている、甘えん坊で慎重なラシェルはここにいる。

（わたしが守り、導いてやらねばならない。どんなことも）

ベッドを整えるためにアンヌを呼んだが、どうにか薬を飲み終えたラシェルは彼女が来るまで待つことなく、乱れたベッドに横たわってしまった。

仕方なくクラレンスはくったりとなったラシェルを抱き上げ、アンヌの作業に手を貸した。

身長は大抵の成人男性より高いくらいだが、クラレンスの腕にラシェルは驚くほど軽かった。もしかしたら、カロリーヌよりも軽いかもしれない。

もはや純粋な兄弟愛とは言えない——独占欲が入り交じった庇護《ひご》欲が湧いてきて、クラレンスはそっとラシェルの額に唇を押し当てた。

「……兄さま」

目を瞑ったままで、ラシェルが呟くように呼んでくる。

「今アンヌがベッドをきれいにしてくれてる。わたしが寝かせてあげるから、お前はこのまま眠ってしまっていいよ」

「あ…ありがと…ございます、兄さま」

もごもごと動く赤い唇を見下ろし、クラレンスは唇を重ねたいと思う自分に戸惑った。

思うさま貪り、眠気を吹き飛ばしてやりたい。

（弟だぞ？）

自分にわざと問う――衝動を抑えるために。

この感情は血の繋がりがないと知ったゆえなのか、義母そっくりなこの顔に淡い初恋を思い出させられたせいなのか。

仕方がなかったとはいえ、弟の射精を手伝った。

それは兄がやることではなかったと思う。

シャーディへの敵対心で燃え上がってしまったことは否定出来ない。

（仕方がなかったわけじゃない…な）

他にも手はあった。

アランがいたのだから、彼に任せるべきだった。

医者としての彼がどうにでもして射精させただろうし、そうでなければすぐに鎮静剤を打つことを検討しただろう。

もしかしたら、マリクが中和剤を持っていたかもしれない。

アンヌがベッドを整え終えると、二人でラシェルの身体を拭き清め、下着と寝間着を着せつけた。

なにが起きて、クラレンスがどう処理したのかは察しているだろうに、アンヌはなにも質問してこなかった。

「……大きくなられましたねぇ、ラシェル坊ちゃま。でも、寝顔はまだまだ可愛らしい。お母さまと同じお顔でお休みになられていますよ」

愛おしげに言い、天蓋のカーテンを引いてベッドを覆った。

アンヌは母と息子両方の乳母である。

ラシェルの母であるベアトリス王女の人生の全てを知り、彼女が残したラシェルについても側で見守ろうとしている。

　クラレンスはアンヌに聞いた。

「ラシェルはここで幸せに暮らせるだろうか？　アンヌはどう思ってる？」

「……………」

「乳母としてではなく、客観的に言ってくれ」

「わたしはお仕えするだけで本来はなにも言う立場にありませんが……でも、ラシェル坊ちゃまにも人としての人生を全うして欲しいです。母上のベアトリス王女はそうなさいましたから」

「苦しみ、悩んでラシェルを産んだんだろ？　結局、相手の男は逃げたんじゃないのか？」

「絶望されましたね。でも、人生は続くのです。すでに起きてしまったことは受け入れて前を向き、愛し、愛される人としての幸せを再び求められました。それに応えてくださった伯爵さまもお見事だったと思います」

「愛し、愛され…ね」

　クラレンスは呟き、分からないとでも言うかのように首を横に振った。

「カロリーヌ嬢は旦那さまを愛していらっしゃいましょう？」

「そうかもしれない。でも、わたしは……──」

　クラレンスにとって、カロリーヌは唯一無二の存在ではない。

　一緒になるからには幸せにしてやりたいとは思うが、彼女がもし死ぬようなことがあっても、後を追おうとまではしないだろう。

　まだ出会っていないのかもしれない、そこまでの相手に……──いや、自分は他家に生まれた女をそんなふうに愛することはないのかもしれない。父のような心の広さはないという自覚はある。

「さて、わたしはカロリーヌの部屋に行こう。ずいぶん放っておいたから、ご機嫌を取ってやらないといけない。出来れば、今晩アンヌはラシェルの側にいてやってくれないか？　なにかあれば、アルトナンに言ってわたしを起こしてくれて構わないよ」

「畏《かしこ》まりました」

アンヌが快く承諾してくれたので、クラレンスはホッと一息吐いてラシェルの部屋を出た。

翌日、翌々日…とクラレンスはラシェルが部屋から出ることを許さず、客人たちの前にも出さなかった。

病気という理由にシャーディは苦笑いしたが、ラシェルは本当に熱を出していたのである。

アランとマリクという二人の医師が滞在していたのは幸いだった。

解熱剤を飲み、アンヌに額を冷やして貰って、ラシェルは昏々《こんこん》と長時間眠り続けた。

客人たちは五泊六日のアルトワ伯爵領での休暇を満喫し、土産を山のように積んでそれぞれの場所へと戻っていった。

熱が下がったばかりのラシェルは、窓からシャーディの青いドラゴンが飛び立つのを見送った。

ドラゴンの背にはシャーディとマリクと思われる二人の男が乗り、他の人間たちと荷物を乗せたゴンドラが爪にぶら提げられていた。

シャーディはラシェルに謝罪と伝言を残していったが、クラレンスはそれを弟に伝えようとはしなかった。

＊5＊

客人が去ると、アルトワ伯爵の湖のほとりにある城はまた静かになった。

残りの夏を兄弟二人で過ごす。

クラレンスの仕事上のパートナーは一日でも早く王都に戻ってくれと連絡してきたが、とりあえず秋の収穫祭が終わるまでこちらにいると返答した。

戻るなら、いよいよクラレンスはラシェルをどうするのか決めなければならない。

行方不明とされているので、今は王都へは連れていけない。当分はこの城周辺でひっそり過ごさせるしかないのだろう。

ラシェルはなにも言わない。

たとえば、イノセンティア学院に戻って、王立大学入学に向けて勉強したいとか、周辺諸国に旅行に行きたいとか、留学したいとか…希望を言ってくれるならば前向きに検討したいと思っている。

行方不明のラシェルが見つかったとなれば、本人の血判状を有する神学校はラシェルに戻ってこいと言ってくるはずだ。それを拒絶するシナリオを考えねばならない――記憶を喪失した…というのは安易かつ有効な言い訳だろう。後見人であるシャイエ男爵の一筆があればもっといい。

しかしながら、ラシェル自身に一芝居打つつもりがなければ成立しない。

クラレンスはラシェルに今後どうしたいかと急《せ》かすようなことをまだ言うつもりはなかった。

現実から目を逸らすかのように、二人で日々を過ごす――楽器を演奏したり、散歩したり、村の納涼祭での打ち上げ花火を見たり。同じ部屋でそれぞれ本を読んでいる日もあった。

子供の頃の話をしながら、ゆっくり食事をするのは楽しい。

ぽつぽつと亡くなった両親のことも話題にした。

彼らの葬儀の後、クラレンスはこちらに視察にやってきて、一方ラシェルは神学校に入った。考えてみれば、二人は両親の死についてまともに話す機会はまだなかったのである。

夕飯の後、湖の周りをゆっくりと歩いた。

林の中から聞こえてくる虫の鳴き声は、もう秋のそれに変わりつつあった。

「父上の場合は、倒れてから亡くなるまで五日ほどあったから、わたしたちは徐々に覚悟することが出来たんだ。でも、義母上は急だった。自ら毒を飲まれ、亡くなったからな」

アルトワ伯爵夫人ベアトリスは、葬儀を待つばかりの夫の柩《ひつぎ》に覆い被さるようにして息絶えていた。

発見したのは執事のベルナールだった。

アンヌに止められたくなかったのか、アンヌを第一発見者にしたくなかったのか――たぶん、理由はその両方だったのだろう、彼女は長らく仕えてくれた乳母にあらかじめ睡眠薬を飲ませていた。

伯爵の葬儀は急遽延期になった。

数日後に夫人との合同葬が行われることになり、続いて同時に埋葬される運びとなった。

「母上は…父上のお葬式に、出たくなかったんだと思います。この後に続く長い老後を一人で生きていく覚悟が出来なかったんでしょうね」

「わたしたちがいてもか?」

「情けないけど、息子の僕ではダメだったのかもしれない。誰も父上の代わりにはなれないから……父上は母上の全てだった」

縁あって夫婦になった二人だが、彼らは親子以上の年齢差があった。

ベアトリス王女にとっての夫は、ときには優しい父親であり、敬うべき指導者でもあり、ときには甘えられる大人の恋人でもあったのだ。

「僕はね、母上は父上がいなければ生きていけないだろうと思っていたんです。もし後を追って死ぬという発想がなければ、抜け殻のようになってしまっていたんじゃないかな。今だから言うけど、母上が毒を飲んだことには驚かなかったです」

ラシェルが驚いたのは、遺書の中で、自分が父の本当の子供ではないと知らされたことだった。

彼女に父以外の男性がいたとは考えられなかった。

それは重大な過ちだ。

夫が寛大な心で許してくれたからこそ、ベアトリス王女は彼に全てを委ね、愛するようになったのかもしれない。

「お前にはたった一人の母親じゃないか」

「悲しいは悲しいけれど、僕では母上を慰められないのは分かっていました……母上の関心はいつも父上にあって、息子の僕はよくてその次って感じだった。それは兄さまも分かってるでしょ？」

「まあ…な、そのへんはな」

クラレンスは覚えている——出産直後の王女が、自分が産み落とした小さな赤ん坊を抱きたがらなかったことを。

若い彼女には過酷なお産だったせいだと思っていたが、今なら彼女が夫の種ではない赤ん坊を産むのを怖れていたのではないかと考えられる。

「義母上は、小さい子供の相手をするのが得意な人ではなかったな」

「兄さまとは仲良しに見えましたが？」

「義母上とわたしは十歳違いで、ちょうど姉と弟という感じだったよ。話し相手にはなれたんじゃないかな。わたしの外見が父上と似ていたので、気を許してくれたのかもしれない」

「兄さまは父上にそっくりですもん」

「お前は……義母上の生き写しだ」

クラレンスがじっと見つめると、ラシェルは恥ずかしそうに俯いた――男の顔じゃありませんよね、と。

「僕はどこからきたんでしょうね」

「どこでもいいさ」

クラレンスはわざと軽く受け流した。

「父上はお前を可愛がっていたよ。本当の父親ではないなんて、わたしは疑ったこともなかった」

「有り難いことです……僕も父上のことが大好きでした。亡くなられたのが本当に悲しいし、胸にぽっかり穴が開いて塞がらない」

そう言って、ラシェルは少しだけ涙ぐんだ。


「……母上に対しては、悲しいだけじゃなくなってしまった。僕のために生きようと思ってくれなかったことが残念だし、悔しくもあって……――」

吐き出すように言ったラシェルは自嘲《じちょう》しかけたが、それは笑みにはならず、ほろほろと崩れた。

ラシェルの小刻みに震え出した唇を痛ましげに見つめ、クラレンスは言った。

「そこは怒ってもいいところだ。死んだからって、遠慮することもない」

「兄さま」

ラシェルはクラレンスに抱きついた。

クラレンスはラシェルの柔らかな髪を撫でることで、ラシェルの気持ちを肯定した。

「命が続く限り、自分が産んだ子供を見守るのが母親だと思う。その点で、義母上は少し自分勝手だったかな」

ラシェルはクラレンスの胸で静かに泣いていたが、それほど長い時間ではなかった。

やがて顔を上げ、考え考え言った。

「それだけ…それだけ父上を愛していたんですよね。母上にとって、父上との結婚生活は幸せだったんだと思う。幸せなままでいたくて、父上の側に行ったんですね」

「三十六歳は若すぎるけどな」

「きれいなままで」

「……愛ゆえにか？」

クラレンスは疑問系で吐き捨てたが、受け止めたラシェルは断定した。

「愛だと思う……そこまで相手に入れ込めるのは、すごいこと。ちょっと羨《うらや》ましいです」

「だけど、相手に死なれたときの悲劇ったらないだろ？　わたしはあまり一人に入れ込みたくはない。妻に死なれたとしても、次の年には新しい恋人と一緒にいたいと思う」

「カロリーヌ嬢には聞かせられない話ですよ」

ラシェルは非難がましく言ったが、男同士の内輪の話だ。

「彼女にしたところで、わたしが死んでも後追いまではしないだろうよ。さっさと次の相手を探すと思う。わたしもそのほうが気楽でいい」

「そういうとこ、兄さまは父上とは違いますね」

「そうだな」

クラレンスは認めた。

「父上は情が深かったと思うよ。わたしの母が亡くなって、五年も独り身を通された。そういう貴族の男はなかなかいないな」

「それだからこそ、母上は父上に心を開いたのかもしれません」

「偉大な父、美しい義母……――しかし、もういない」

「いませんね」

兄弟はそこを確認し合い、また散歩を続けた。

しばらくして、クラレンスが言った。

「わたしたち二人になってしまったな」

「ええ」

「わたしはお前がいてよかったと思うよ。いなかったら、本当に一人っきりだ」

「でも、兄さまにはアランさんって親友がいるじゃありませんか。ベルナールもアルトナンもアルトワ家に終生仕えるって言ってくれているし、一緒にお仕事をされているフィリップさんも。一人ってことはないですよ」

「でも、弟はお前だけだ」

クラレンスが立ち止まったのに、ラシェルもそれに倣った。

二人は見つめ合った。

先に口を開いたのはラシェルだった。

囁くほどの声で言う。

「……血は繋がってないんですよ」

「関係ないさ」

クラレンスは言い切った。

「わたしはお前が生まれたときのことを覚えているし、あの瞬間に兄になったんだ。お前が弟じゃないなんて考えられない」

「兄さま」

「わたしの側にいておくれ、ずっと」

ラシェルは即答せずに、クラレンスを見つめるばかりだ。

見つめ合う二人は外見的に全く似ていない――が、一つ屋根の下で暮らし、同じものを食べてきたかけがえのない家族には違いない。

「ね、兄さま。僕は……――」

ラシェルが言いかけたとき、クラレンスは弟の金髪の後方になにか光るものを見つけた。

「ラシェル、あれはなんだ？　流れ星か？」

白っぽい銀色の…鳥なのか。鳥にしては大きい。

ラシェルも振り向いて、星空を突っ切ってこちらに向かってくるものを見た。

銀色のそれは夜空をどんどん近づいてきた。やがて、翼の生えた馬だというのが見て取れた。

「ペガサスか？」

クラレンスが言うのに、ラシェルは頷く。

しかも、ただのペガサスではない。鬣の一部が金色のペガサスだ。

「……ユリシーズ」

ラシェルが呟いたとき、ペガサスはそれに応えるように高らかに嘶いた。


ラシェルは自分の目が信じられなかったが、ペガサスのユリシーズはすぐ側に下りてきた。

『やっと、やっと見つけた！』

彼はラシェルの頭の中に話しかけてきた――喜びと興奮が伝わってきた。

『お前…大丈夫だったの？　フェイの翼で叩き落とされて、てっきり死んだんだと思ってたよ』

『結構な大怪我だったから、こうして探しに出られるまで時間がかかってしまった。ボーヌ神官が助けてくれたよ』

『ああ、オルスさん……！』

ユリシーズのイメージだろう、彼の姿がはっきりと頭に浮かんだ。

もう会うことはないだろうと思いかけていたが、このペガサスに乗れば今すぐにでも神学校に戻ることが出来る。

ラシェルは手を伸ばして、ユリシーズの頭を抱こうとした。

しかし、ハッとしてすぐに手を引っ込めた。

(ユリシーズに触れていいんだろうか、僕は)

ペガサスは問うようにラシェルを見つめている。

緑と青の色違いの目で。

ラシェルの頭を過《よぎ》ったのは、クラレンスに口移しでワインを飲まされたこと、シャーディの求愛、そしてシャーディに媚薬を飲まされ、兄に身体を預けたことだった。

(僕はもうなにも知らない少年ではないんだ。清童とは言えないのでは?)

ラシェルの迷いを読み、ユリシーズは言った。

『なにも問題はないよ、ラシェル。お前の心はまだ誰にも囚《とら》われていないからね。わたしと相棒になるだけの自由さがある。肉体で他の人間と繫がったことがある者は、無意識に人間以外のものとの心の交流を弾くようになるんだ。そうなると、人生の伴侶にはもう人間しか選べない』

納得のいく説明だった。

『そうか、僕の心は自由なんだね!』

華々しく、ラシェルは心の中で叫んだ。

『そうだ。お前はわたしの相棒になれるし、神の声を聞くことが出来るだろう』

それは予言ではなく、幻獣の確信だった。

ラシェルはユリシーズの首をひしと抱いた。

『ああ、よく来てくれたね……遠かっただろうに。僕はもう神官にはなれないかと思っていたよ』

ユリシーズが現れるのが一分でも遅れていたら、ラシェルは兄に貴族として生きていくと約束するところだった。

「兄さま」

ラシェルはクラレンスに向き直った。

「僕の相棒のユリシーズです。迎えにきてくれた。僕は神学校に戻って、神官にならなければなりません」

「わたしがいいと言うと？」

クラレンスはラシェルを睨み付けた——宝石のような緑色の瞳がぎらぎらと輝いている。

ラシェルが怯みそうになるのをユリシーズの存在が支えた。

ラシェルはもう一度言った。

「神官になりたいんです」

「わたしが許すと？　行ってもいい、なんて言うわけがないだろう」

地を這うような低い声で、クラレンスはラシェルの願いを一蹴する。

「お願いです、兄さま」

クラレンスの端整な美貌は怒りに染まっていたが、そこにふっと悲しみが混じり込むのをラシェルは見てしまった。

「わたしを一人にするのかい？」

そう問われては、胸が潰れそうになる。

「に…兄さまは一人じゃありませんよ。僕がいなくてもきっと大丈夫」

ラシェルは精一杯の勇気で主張した。

「兄さまが認めてくれなくても……僕、行きますから。行かなくちゃ。だって僕の人生だもの」

ユリシーズがそうだと言うかのように高らかに嘶いた。

「行こう、ユリシーズ！」

『さあ、わたしの背中に乗りたまえ』

ラシェルがユリシーズの背によじ登ろうとしたと

き、クラレンスはラシェルの足をむんずと摑んだ。

そうしながら、彼はドラゴンを呼ぶ笛を吹いた。

フェイはすぐに現れた。

明るい月光を遮るようにして、翼を広げた形で真上から降下してきた。

ラシェルは足でクラレンスを蹴りつければよかったが、兄を足蹴にすることは出来ずに、やすやすと羽交い締めにされてしまった。

「フェイ、この馬を追い払え」

クラレンスに命じられ、緑色のドラゴンは翼でユリシーズを薙《な》ぎ払った。

逞しい馬は足を踏ん張って耐えた。

ユリシーズはペガサスとしては大柄だが、ドラゴンのフェイはその五、六倍もの大きさだ。鷹《たか》とモルモットほどの差があるだろう。

「やめて、やめてよっ」

ラシェルは兄の腕の中で叫んだ。

「ユリシーズを傷つけないで！　フェイ、お願いだよ」

クラレンスはラシェルを引きずり、ほとんど抱えるようにして……——最後には荷物のように担ぎ上げて、城に向かって大股で歩き出した。

ラシェルはユリシーズの嘶きを背中で聞くだけで、どうしてやることも出来なかった。

抗《あらが》っている物音が怖くて、目を開けることが出来ない。

『今は、逃げて……少し遠くへ』

追い払うだけならまだいい。ドラゴンがペガサスの首を銜えて、地面に叩きつけるのではないかと考えただけで身体が震えた。

自分の無力さに打ちのめされながら、クラレンスのなにかに取り憑《つ》かれたかのような呟きを耳にする。

「許さない……許さないぞ、お前を神官になんてさせるものかっ」

城の玄関口から二階にあるラシェルの部屋に向かう間、彼はずっとそう言い続けた――まるで呪詛《じゅそ》のように。

部屋に入るなり、クラレンスはラシェルをベッドの上に投げ出した。

（に、兄さま？）

兄にこれほど乱暴に扱われた試しはなく、ラシェルはベッドマットの上に縮こまった。

「顔を上げなさい」

「……………」

乱れた金髪の隙間から兄を見上げる。

逆らうことは許さないとばかりに、冷ややかに命じられた。

「あの馬が消えるまで、お前はこの部屋から一歩も出てはならない」

「兄さま、そ…それは…――」

「わたしを裏切るなよ」

ラシェルを見下ろすクラレンスの瞳は怒りで燃え上がっていた。

視線を合わせることはとても出来なかったが、ラシェルは必死に頼んだ――これだけは、と。

「お願いです、兄さま。フェイにユリシーズを傷つけさせないで」

＊

その後、ラシェルは何度も逃亡を企てた。

見張りとして側にいることが多いアンヌの目を盗んでは、地下の抜け道に下りたり、夜中に厨房の裏口から出たり……ついには玄関から堂々と外に出よ

うとしたが、そのたびにクラレンスに捕まった。

城のあらゆる場所にクラレンスはドラゴンの鱗を貼りつけ、ラシェルを見張っていた。迷路のような地下の抜け道も例外ではなかった。

頬を打たれても、手ひどく罵られても、ラシェルはめげなかった。

気持ちが挫《くじ》けかけると、どこからかユリシーズの嘶きが聞こえてきた——それに続いて、ドラゴンの咆吼《ほうこう》も。

ユリシーズにとってドラゴンの存在は恐怖だろうが、それでも彼はラシェルが現れるのを待ってくれていた。

諦めるわけにはいかなかった。

ユリシーズのために。もちろん、自分が自分として生きるためにも。

絶望したり、言い訳する——宿泊場所や食事をするための路銀がないとか、ご託を並べているような暇はもうない。

ひたすら、次はどこから外に出るか、どんな手段を取ろうかと寝る間も惜しんで考えている。

逃げるラシェルに捕まえるクラレンスというパターンに変わりはないものの、日に日にラシェルの感覚は研ぎ澄まされ、形振り構わない逃亡になっていく。

一方、クラレンスのほうは消耗し、焦燥感を漂わせ始めていた。

昨夜はラシェルが投げつけた砂を目に受け、一時的に狂乱状態に陥った。

『お…お前がこういうことをするなんて…——』

『行かせて、兄さま！』

しかし、ドラゴンのフェイはラシェルを捕え、ユリシーズに近づけなかった。

（……砂を投げつけたのはまずかった。兄さまの目は大丈夫だろうか）

自己嫌悪と共に夜の逃亡が失敗に終わり、ラシェルは昼間からベッドの中だ。

うとうとしていたところに妖精が飛んできた。

肯定的なことを言うウィウィが告げる。

『もしかしたら、今日はこっそり脱け出せるかもよ。茶色い巻き毛の女の人がお客に来ているから、クラレンスはお相手をしなきゃならないわねぇ』

乳母のアンヌがクラレンス側についているため、ラシェルの味方は妖精たちだけだ。

賢いドラゴンは兄弟の攻防を把握した上でクラレンスに協力しているが、気まぐれな彼らは全面的にラシェルの味方というわけではない。

自分たちが楽しいというのが最優先で、協力的に動いてくれるかと思いきや、途中で他に気を取られたり、目的を見失ったりするのが常なのだ。

しかも、二匹は意見が一致しないという特性がある。

『どうだろうな、あいつは抜け目ないぞ。魔女の息子だってことを忘れるな。きっと城中にトラップを仕掛けてあるぜ』

と、ノンノン――相変わらず否定的かつ悲観的だ。

『でも、女の人の相手はしなきゃならないでしょ。婚約者なんだし、一緒のベッドで眠るわよぉ』

『ドラゴンが寝ずの番をするだろ。ラシェルはもうここを出るのを諦めるべきだな』

『あら、ドラゴンだってときどき寝てるわよ。気づかない？　いびきをかいているときがあるわ』

『やつはばらまいた鱗が少しでも反応すれば、目が覚めるのさ。油断は禁物だね』

彼らに言いたいだけ言わせつつ、ラシェルはじっと考えている。

確かに婚約者の来訪中はチャンスだし、ドラゴンはいつも起きているわけではない。

無視されていると思ってか、ノンノンが耳元で意地悪く囁いてくる。

『無理だって。そろそろお前のペガサスだって、潮時だと思ってるはずだ。ドラゴンの爪から辛くも逃れているけれど、いつ大事な翼を傷つけられるか分かったもんじゃないんだから』

『ペガサスは大丈夫よ。ラシェルを相棒だと認めたんだから、命ある限りはラシェルと一緒にいたいはずよ』

ラシェルは彼らになんら返答もせず、むっくりと起き上がってバスルームの方へと向かった。

好奇心を動かされ、妖精たちはついてくる。

ラシェルはバスルームの小窓から顔を出し、あちこちに目を向けた。

「ねえ、こっちの外壁には鱗は貼ってないよね？」

ラシェルのその問いに、妖精たちは口々にないと言った。

『ここから出るつもりか？　足場はほとんどない三階だぞ。落ちたら下は湖だぜ』

『泳げばいいわよ。お魚みたいに』

『やだやだ、魚のうんこで濁ってるんだぞ。病気になるぞ』

『緑色のはうんこじゃないわよ。藻よ。大丈夫よ』

ラシェルは身を乗り出して、斜め下方に通じる雨樋《あまどい》の終着地を確認した——ドラゴンがいる裏庭のすぐ近くだ。

そして、裏庭から後方は森だ。子供の頃に迷った森だが、今ならきっと抜けられるだろう。

（必要なものは？）

自分の手と足があればいい。あとは五感を研ぎ澄ますことだ。

「お使いを頼まれてくれないかな？　ユリシーズに伝言して欲しいんだけど」

城に居着いて久しい妖精たちは、二匹とも城を離れたがらなかった。

『わたしは小さいから、風に飛ばされてしまうかもしれないわ』

『やだね。蜘蛛の巣にかかったらお終《しま》いだからな』

ラシェルはウィウィのほうを摘み上げ、バスソルトの瓶に閉じ込めた。

『な、な、なにをするのぉ!?』

『お…お前、意外とやるじゃんか』

ラシェルはノンノンに言った——こういう卑怯《ひきょう》な手を使うのは好きではないので、命令は棒読みのようになった。

「ウィウィを出して欲しいなら、ノンノンはユリシーズに伝言するんだ」

『……わかったよ、しょーがねえな』

ノンノンが飛んでいくのを見送っていると、アンヌが入ってきた。

「お坊ちゃま？　ラシェル坊ちゃま、どこです？」

「バスルームだよ」

ラシェルが顔を出すと、慌てかけていたアンヌがホッと息を吐いた。

「どこかへ行かれたのかと」

「大丈夫、もうどこへも行かないから」

嘘を吐き慣れないので、この台詞にも抑揚がつかない。

「そんなことをおっしゃっても、昨夜も抜け出そうとなさったじゃないですか」

「……」

アンヌは洗濯物を引き出しに入れ、ラシェルの着替えを揃《そろ》えた。

「カロリーヌ嬢がいらしてます。昼食をご一緒されるようにと旦那さまがおっしゃってますよ」

「それ、どうしても?」

「お嫌ですか?」

「……カロリーヌ嬢は兄さまに会いにきたんだから、僕が一緒じゃないほうが嬉しいと思うよ」

実際に彼女はそういう顔をするし、ラシェルはカロリーヌを好きではない。ピアノは確かに上手だが、その演奏にも裏表のある人間性を感じないではない。

「そうですよねぇ……でも、お二人がご結婚なさったら、ラシェル坊ちゃんにはお義姉さまになるのですよ?」

「そうなったら、なってからちゃんとする」

アンヌはカロリーヌがラシェルに少々意地悪を言うのを知っているので、それ以上強くは言わなかった。

「では、お風邪のようだと言っておきましょう」

「移るといけないから、見舞いは無用だって付け加えてね」

ラシェルは着替えず、またベッドの上で丸くなった。

アンヌは溜息を吐きつつ、出ていった——柔らかい優しい胸のうちで、彼女はなにがラシェルの幸せかと考えずにはいられなかった。

ラシェルが昼食に同席しないと知るや、クラレンスの機嫌は悪くなった。

「あの子ももう十八なんだ、兄の婚約者に挨拶くらい出来るだろうに……」

「も…申し訳ございません」

アンヌが恐縮して謝るのにも、クラレンスはもう下がれとばかりに邪険にする。乳母に八つ当たりをしているという自覚が彼を一層苛立《いらだ》たせた。

（ここで何不自由なく暮らせるというのに、あんなところへ戻りたいなどと……）

ラシェルは貴族としての暮らしを拒否しているだけだが、どうかするとクラレンスは自分自身が拒否されているように感じてしまう。

（わたしと一緒にいたくないのか？）

自分にこんな卑屈な物思いをさせるラシェルが憎くなってくる。

ぶつぶつ言うクラレンスの腕に腕を絡ませ、カロリーヌは優しい声を出した。

「いいのよ、別に。ラシェルが顔を出さなくても構わないわ。あたくしが会いにきたのはあなたなんだから……ねぇ、クラレンス」

「そうだな」

カロリーヌの愛らしい顔は、クラレンスの慰めにならないこともない。

弟に拒まれている今、少し芝居がかっているにせよ、自分を一番だと言ってくれる人間が側にいるのは悪くない。

クラレンスはカロリーヌにそっと口づけた。

「あの子は少し放っておけばいいのよ。そういう年頃なんだわ」

「年頃…ね。一人前に、自分の将来は自分で決めたいなんて生意気を言ってくれる」

「神官になるの、まだ諦めていないの？」

「ああ」

抜け出すラシェルを捕まえるという追いかけっこが毎晩のように繰り広げられている実情を話すと、カロリーヌはやれやれと肩を竦《すく》めた。

「それで、裏庭にドラゴンが寝てるのね。生臭いし、びっくりしたわ」

「馬たちが怖がるし、フェイも居心地はよくはないと思うんだがね……」

「もうラシェルの好きにさせてあげたらどう？」

「神学校に戻って、神官になるのを許可しろっていうのか？」

クラレンスは眉を寄せ、怪しむようにカロリーヌの顔を覗き込んだ。

（カロリーヌは自分が一番ってタイプだから、自分より美しくて身分が上な義母上のことが好きじゃなかった。そっくりなラシェルのことも好ましくはないんだろう）

察しのよいカロリーヌはすぐに打ち消した。

「ダメよね、そんなのはダメだわ。会えなくなっちゃうんでしょう？」

「神官は私人ではないからな。わたしはもう家族を失いたくないんだよ」

「まあまあ、クラレンス。あたくしがいるわよ？」

カロリーヌはクラレンスの頭を抱き、端整な顔に所嫌わず口づけを浴びせた。

一般の男たちと同様に甘やかされるのが必ずしも嫌いではないクラレンスは、彼女にされるがままになっていた。

やがて、カロリーヌはしみじみと言った。

「それにしても、変わっているわよね……神官って、生涯一度も女の子とベッドに入らないのでしょ？偉いのかもしれないけれど、なにが楽しいのかって思っちゃうわね。神さまにお仕えする身体だから……ってことなんでしょうけれど、まるで普通の人間が汚いみたいじゃないの。ねえ？」

「なあ？」

クラレンスはカロリーヌをカウチに押し倒しかけたが、充分に成熟した貴族の女性である彼女は焦らすというテクニックを持っていた。

「まずはお食事よ、クラレンス。それから、ゆっくり…ね」

「二、三日、泊まっていけるんだろ？」

「そのつもり」

「それなら、今すぐ…って焦らなくてもいいな。食後は少し散歩して、連弾でもするかい？」

「ずっと弾いてなかったんでしょ。あたくしについてこられるかしら？」

カロリーヌの挑戦的な瞳がクラレンスを堪らない気分にする。

「……カロリーヌ、きみは最高だ。ワインみたいに華やかで、そして味わいがある」

そう言って抱き締めながら、欲望が兆すのを意識する。

（こんなに…こんなに女ってものは温かいのに。なぜお前は望まないんだ？　普通の貴族の暮らしがそれほど嫌なのか？　みっともないとでも思っているのか？）

クラレンスの頭の片隅にはラシェルのことが常にある。

望んだものは大抵手にしてきた彼であるが、弟のラシェルに限ってはお手上げ状態だ。

愛おしい一方で、憎らしくもある。憎らしいけれど、やっぱり愛おしい特別な存在だ。あの頑なな心をどうやったら変えられるのだろう。

「きみの友だちで、誰かうちのラシェルを誘惑してくれる人はいないかなぁ……きみみたいにきれいで、刺激的な美人がいいな」

カロリーヌはそれを自分への賞賛と受け取り、くすくすと笑った。

その晩、ラシェルはバスルームのやっと身体が通るほどの窓から抜け出し、雨樋を伝ってどうにか城の裏手に降り立った。

いびきをかいて眠っているドラゴンの脇を擦り抜け、森の中へと入っていく。

トラップのありそうな道は避け、獣すら通らないような木の間を歩いていく……。

しかし、いきなり転んだ。

右足が引っ張られ、起き上がる間もなく、ずるずると通ったところを引き戻された。

「ど…どうして!?」

左足をストッパーにしようとしても、右足を引く力には逆らえない。

そして、ドラゴンの脇も引きずられて戻り、ついには三階にある自分のバスルームの窓から逆さに吊《つ》り下げられる形で止まった。

飛んできた妖精のノンノンが言い立てた。

『うお、ラシェルの右足首に赤い髪の毛が結びつけられているぞ』

『クラレンスの髪の毛だわ』

クラレンスは魔術を使って髪の毛で長い糸を作り、ラシェルの足に結びつけていたらしい。

ウィウィは歯で噛み切ろうとしたが、ノンノンが止めた。

『今切ったら、ラシェルが頭から湖に落ちる』

『湖なら泳げるわよ。でも、切れないわ。すっごく丈夫なの！』

ラシェルはしばらく逆さまに吊り下げられていた。

ドラゴンのフェイが目を覚ました。

『おや、いい格好だな。ラシェル』

彼はカッカと笑った。

妖精たちは早く下ろしてやってくれとキーキー騒いだが、ドラゴンはそうする気はないようで、また目を瞑った。

『頭を冷やしたらいい』


クラレンスが逆さ吊りになったラシェルのところへやってきたのは、数時間経ってからだった。

彼はパチンと指を鳴らすだけで糸を切りつつ落下地点を変え、落ちてきたラシェルを抱き止めた。

ラシェルの無事を腕で確認しつつも、口にした言葉は冷ややかだった。

「しばらく逆さでいたらしいな。少しは血の巡りがよくなって、自分がどう生きるべきか考えられただろう」

「に…兄さま」

それでも、ラシェルは考えを変えない。

「ぼ、僕は、神官になりたい…のです。そうなるべく生まれついたんだと思うから。どうか…どうか、お許しください」

「許さないと言ってるだろ？」

「お願いします。僕を解き放ってください。兄として僕を愛しているとおっしゃるなら、僕の望み通りに…――」

クラレンスはカッと気色ばんだが、一度は言葉を飲み込んだ。

抑えめの声で言う。

「弟としてわたしを愛しているなら、わたしの望み通りに生きて欲しい」

「あぁ…兄さま」

「兄弟は一緒にいるべきだ。父も義母もそれを望んでいたよ」

「でも、ち…違うからっ。僕たちは違うでしょう？」

血の繋がりがないと聞かされるのが嫌で、クラレンスはラシェルの唇を唇で塞いだ。

「……愛しているんだ」

クラレンスは囁いた。

ラシェルを見つめながら、その言葉の意味を嚙み締める——これほど大事な人はいない。

そう、彼は弟を愛していた。

誰よりも。

ラシェルが逃げれば逃げるほど執着は増し、今やもう正常な兄弟愛からずれつつある。

クラレンスにはっきりした自覚はなかったが、弟に対して愛していると口にすることにいささかの躊躇いもなかった。

ラシェルはどう応えたらいいか分からないのか、ただ涙で潤んだ淡い青色の瞳を兄に向けるばかりだ。

もう一度、クラレンスは言った——今度は懇願するかのようなニュアンスを加えて。

「愛しているんだよ。自由に会えなくなるような場所に、みすみすお前をやりたくない。この兄の気持ちを分かってくれ」

＊6＊

クラレンスはラシェルを城の東側の塔に監禁してしまった。

幼い頃のお仕置き部屋だ。

二つある窓には鉄格子が嵌《は》まっていて、扉も外から鍵がかかるようになっている。

その昔、心を病んでしまい、王宮から実家に戻されてきた王妃を幽閉していた部屋なのだ。ベッドやテーブルなどの瀟洒《しょうしゃ》な家具が揃っており、閉鎖的であること以外に不便はない。

しかし、乳母のアンヌはラシェルをここに閉じ込めねばならないことを嘆いた。

「ラシェル坊ちゃま、今一度お兄さまのご意向と自分の未来についてお考えください。どうぞアンヌがずっとあなたのお側にいたいと思っていることもご考慮に……」

格子が嵌まった扉の小窓ごしに彼女は言い、次の食事のときにまた来ますねと外から鍵をかけた。

アンヌはラシェルの孤独を思い遣《や》ったが、ラシェルは一人というわけではなかった。

妖精たちはどこにでも現れる。

『さすがにここから抜け出すのは難儀よね。しばらくゆっくりしていましょ』

枕の上で跳ねながら妖精のウィウィが言った。

『諦めんのかよ？』

計画が失敗したことをユリシーズに告げに行ってきてくれたノンノンに聞かれ、ラシェルは首を横に振った。

「……少し考える」

『ペガサスは待ってるぞ、ずーっとな』

「うん、それはね……ちゃんと分かってるよ」


ラシェルを東の塔に閉じ込めた日、クラレンスはずっとカロリーヌの側にいた。

具体的に結婚後の話をし、彼女を喜ばせるのは造作なかった——アルトワ家の花嫁に譲られることになる美しいティアラを見せ、これをつけたきみと晩餐会に出たいなどと甘い言葉を吐いてみた。

カロリーヌは気をよくし、彼女らしくもなく優しかった。

楽しい夜を過ごした。

しかし、朝になると、もうクラレンスはカロリーヌに関心を寄せていられなかった。

塔に閉じ込めたラシェルのことが気になって仕方がない。

可哀想なことをしているのではないだろうか。

その罪悪感は、カロリーヌの存在では消すことが出来なかったのだ。

何日閉じ込めれば、気持ちを変えてくれるのだろう。頑固だから、数か月…いや、数年かかってしまうかもしれない。

(一緒にアルトワ伯爵家を盛り立てていきたいんだよ、わたしは。それだけだ。父上と義母上が亡くなり、もうわたしたちはお互いしかいないじゃないか)

クラレンスは苛々と広間を歩き回った。

(どうして…どうして分かってくれないんだ？　ただ人としての幸せを求めて欲しいと言っているだけなのに……)

本当に、一生誰とも性交渉を持ちたくないと思っているのだろうか。義母が姦淫《かんいん》を犯したと知ったことで、性的に嫌悪感が強くなってしまったとしたら可哀想なことだ。

(生まれてこなければよかったと思ったんだろう。そして、なにも産み出したくないと思ってしまったのか)

そんなラシェルの気持ちを想像すると、胸が痛くて堪らなかった。

広間には先祖たちの肖像画がずらりと飾られている。

その末席に、父であるアルトワ伯爵とクラレンスの生母が、その隣りにラシェルの生母であるベアトリス王女の肖像画がある。

クラレンスはベアトリス王女を見上げ、足を止めた。

百人が百人とも美しいと認める類の美人である。息子のラシェルよりも輝かしい金髪に、はっきりした青い瞳をしている。無口で、あまり笑う人ではなかったが、音楽が好きで、クラレンスのピアノ伴奏で歌う声は美しかった。

十八歳でアルトワ伯爵に嫁ぎ、亡くなったのは三十六歳。その姿形の愛らしさは終生あまり変わらなかった。

「……信じられないな」

肖像画家は、ベアトリス王女の潔癖なまでに手入れされた手指をそのまま写し取っている——この少女めいた女性が夫を裏切っただなんて、誰が想像するだろう。

ラシェルの父親は誰なのか。

そして、どうして夫はそんな妻を許せたのか。産ませない選択だって出来ただろう。

「なにが信じられないの？」

声に振り向くと、すぐ側にカロリーヌがいた。

「なにって……——」

クラレンスは婚約者にまだラシェルの出生について話していない。

知っているのはごく少数だけでいいと思っていたし、カロリーヌは口が堅いほうではない。

血の繋がりがないと知れ渡ってしまったら、ラシェルが尚更《なおさら》自分の側から離れたがるのではないかと怖れる気持ちもないではない。

カロリーヌは肖像画をまじまじと見た。

「あなたの初恋の人なのでしょ、ベアトリス王女って」

「そんな話をしたことがあったかかな……もちろん、

全く相手にされなかったよ。義母上は父上しか目に入らないようでね。それで当たり前だけど」

「……似てるわね、お義母さまとラシェル。まるで母親が一人で宿して産んだみたい」

「そんなに似てるかな？　ラシェルは男だから、こまで優雅な雰囲気ではないと思うが」

「でも、あなた、可愛くて仕方ないようよ？」

「たった一人の弟だからな」

カロリーヌは肩を竦めた。

「あたくしにも弟はいるけど、それほど愛しいと思ったことはないわね。弟が学校の寮に入ったときなんか、静かになったのがちょっと嬉しかったくらい」

「弟が愛おしくてはおかしいのか？」

「おかしくはないのかもしれないけど、ちょっとあなたのは普通じゃないと思って……――」

「普通…じゃない？」


カロリーヌにそんな指摘を受けたのが不愉快で、クラレンスは心外だと切り返した。

「あなたがラシェルを手放したくないことは理解するけど、ラシェルは神官になりたいのよ。それほどなりたいって言うなら、そうさせてあげてもいいんじゃないの？　どんなに可愛くたって、ラシェルはラシェル、あなたはあなただと思うわ」

「カロリーヌはラシェルが神官になってもいいと思っているのか？　ラシェルが邪魔か？」

「邪魔とかじゃなくて…――本人が望むなら、そういう道もありだと思っているの」

「神官になれば、兄弟として会うことはもうないんだよ。その前に、神学校は面会すら許さない。理不尽だとは思わないか？」

「神官っていうお役目の性質上、それは仕方がないんじゃないの？」

「それじゃ…きみ、ラシェルが家族を持つことを放棄するのも仕方がない、と？　人としての幸せを拒絶するのは不自然だと思わないのか？」

「神官は性経験がないことが条件だもの。なりたいなら、どうしたってそういう選択になるわよね。変わってるなとは思うけど」

「わたしは嫌なんだ」

カロリーヌの淡々とした切り返しがもっともなだけに、クラレンスは感情的になった。

「どうしてラシェルが神官にならなきゃいけないんだ？　父上と義母上が亡くなったから、わたしがあの子を一人前にするつもりなのだよ。神学校に行く必要なんかどこにある？　わたしの側にいて、貴族の男として生きればいい」

「ラシェルはそれを望んでないのに？」

「望むようにするさ、わたしが。それに、ラシェルは世間知らずだ。自分で自分の将来を決められるとは思えないよ」

「ラシェルは十八歳でしょ。もう自分のことは分かってるし、決められるわよ」

「分かってないから、神官がいいなんて突拍子もないことを言い出すんだ」

「……頭ごなしね、お話にならないわ」

カロリーヌはやれやれと溜息を吐き、その場を離れようとした。

クラレンスは彼女の二の腕を摑んだ。

「待てよ、カロリーヌ。きみにラシェルのなにが分かるんだ？」

「分からないわよ。あなたにだって分からないと思うわ。ラシェルのことは、ラシェルにしか分からないのよ」

「わたしがラシェルのことを分からない？」

クラレンスは鼻先で笑った。

「たった一人の兄なんだぞ、わたしは。あの子が生まれた日のことだって覚えている。それからずっと兄弟として暮らしてきた」

「そうね、あなたは彼のお兄さまだわね。でも、あなたのラシェルへの執着はそれを超えてしまっているわよ」

「どういう意味だ?」

「初恋の人の忘れ形見ってことなのかしら? とにかく、あなたはラシェルに対して普通じゃないわよ。ラシェルが逃げ出したくなるのも無理はないかも」

「ラシェルが家から出て神官になりたがるのは、わたしのせいだって言うのか?」

「知らないわ、そんなの。ラシェルに直接聞けばいいことよ」

カロリーヌはクラレンスに腕を放して欲しいと言った——痛いから、と。

「あ、あぁ…すまなかった」

「あなたとラシェルのことで言い合いなんかしたくないわよ」

「きみがわたしをおかしいと言うからだ」

「だって、おかしいもの」

カロリーヌは決めつけた。

そして、少し昼寝をしたいからと寝室へと引き上げていった。

一人残されたクラレンスは、今一度ベアトリス王女の肖像画を見上げた。

(わたしはおかしいかな?)

自問する。

(ラシェルを手元に置きたいと思うのは、わたしのエゴでしかないのか……?)

当然ながら、肖像画が答えてくれるわけもない。

カロリーヌは言っていたが、初恋の人の忘れ形見としてラシェルを見ているわけではない。

性別が違うせいなのか、他の理由なのか、クラレンスの目にはこの頃のラシェルが母親そっくりには見えなくなってきた。

手足の長い少年らしい体型で、抱き締めた身体の薄さに腕が余る。

声も低めだ。

「……男だからな」

この手で慰めてやったものは、密やかに成熟していた——二回達かせてやった。

あれは非常事態だったが、してやったことに後悔はない。

後悔どころか、ラシェルの成長が分かって嬉しい気持ちがあった。

可愛らしいと思ったのだ。

(ラシェルの世話はわたしがしたい。たとえ本人が望まなくても)

親心がなかなか理解されないのと同様、兄心も理解されにくいものかもしれない。

「いずれ、分かるだろう…きっと」

自分に言い聞かせるかのように、クラレンスは小さく独りごちた。


翌日もクラレンスとカロリーヌはしっくりといかなかった。

カロリーヌの機嫌を取ってやらねば…と思いながらも、クラレンスは塔に閉じ込めているラシェルのことばかり考えていた。

様子を見にいきたいが、まだ早いだろうか、と。

そして、四日目の朝、ついにカロリーヌはクラレンスに迫ったのである——自分と弟ではどちらが大事か、と。

クラレンスはうんざりした。

「婚約者と弟を同じ秤《はかり》に乗せる気はないよ。きみがこれほど愚かな問いをするとは思わなかったな。がっかりだよ」

憮然《ぶぜん》として、カロリーヌは言い返した。

「あたくしの父は、あたくしを一番大切にしてくれる人としか結婚させないと言ってるわ。こちらは義母や義姉妹がいないから気楽だと思っていたけど、とんだ見込み違いだったみたいね。あなたとのこと、考え直させていただくわ。よろしくて？」

帰り支度をするカロリーヌに、さすがのクラレンスも慌てた――彼女はアルトワ伯爵家の嫁として、決して悪くない女性なのだ。

女は星の数ほどいると思っているが、家柄や財産、教養などの点で釣り合う相手はそれほど多くいるものではない。釣り合いが悪ければ、国王からの結婚の許可は下らない。

「待ってくれ。ちゃんとわたしが送っていくよ…ああ、送らせて欲しい」

「うちの馬車で来たのよ、結構よ。わざわざ送って貰わなくてもあたくし一人で帰れますわ。御者もユニコーンたちも充分休んだと思うし……いつもアルトナンがよくしてくれるから」

よくしてくれるのは執事だけ、と言わんばかりである。

「悪かったよ、カロリーヌ。せっかく来てくれたのに、つまらない思いをさせてしまったね。ねえ、そんな顔しないでおくれ」

クラレンスはカロリーヌの頬をそっと撫でた。

「ちょうどいい。きみを送って、きみの父上にラシエルのことを相談してみよう。わたしがおかしいと父上が言うなら、きっとそうなんだろう」

「そうね……ええ、それがいいかもしれないわ」

カロリーヌが承知したので、クラレンスは彼女に口づけすることが出来た。

至近で見た長い睫毛《まつげ》とキスに熟れた唇に、彼女が滅多にいない可愛らしい女性だということを思い出した。

「旅の準備の間、ゆっくりお茶を飲もう。うちのコックにランチボックスを用意させるからね。きみはクリームとフルーツのサンドイッチが好きだったよね？」

「大好きよ。そして、飲み物は白いサングリアがいいわ」

「ぜひ用意させよう。冷たいまま、持っていけるようにするからね」

ラシェルの様子を見にいきたい気持ちを押しやり、クラレンスは婚約者に集中するしかなかった。

＊

ベルトラン侯爵家の馬車が出ていくのを塔の小さな窓から見て、ラシェルは妖精たちを使いに出した。

ノンノンはペガサスが気に入り、伝言を嫌がらなくなっていた。

ラシェルには計画があった——神官のとある術なら、この塔を壊すことが出来るかもしれない。

ラシェルをここに入れてから、クラレンスはドラゴンを巣に帰している。

外に見張りはいない。

クラレンスが出かけた今日こそがチャンスである。

(兄さま、僕は行きます……行かなきゃならない)

ラシェルは兄を裏切る罪悪感をぐっと抑え込んだ。

（兄さまは自分を一人にするなと言うけれど、僕がいてもいなくてもあなたはちゃんと暮らしていける人なんだ。結婚すれば、アルトワ家の者らしい赤毛の子供が何人も生まれるよ。あなたは一人ぼっちじゃなくなる）

兄の子供を想像して、ラシェルは思わず微笑みを浮かべた。男の子もいいが、女の子も絶対に可愛いだろう。

しかし、ラシェル自身は、兄や乳母が全うすべきだと言う人としての生活に未練はない――もともと結婚も恋愛もしたいとは思っていなかったし、相手を思い描いたこともなかった。

自分の身体が変化するのは恐怖でしかなかった。自分の身体が自分のものではないようで、コントロール出来ないのが不安なだけだ。

全身が熱くなり、股間が怒張するのは耐え難い恥辱である。

男の身体につきものの単なる生理現象だと言う人もいるだろうが、自分の身にあんなことは二度と起きて欲しくない。再びあの状態になるようなら、去勢してしまうことも考えたいと思う。

堅くなったものを扱き上げられ、射精させられた衝撃を快楽とは認めたくなかった。そう呼ぶことは生涯ないと断言出来る。

「……どうせ僕は不義の子だ」

母は王家の姫に生まれたが、どんな血が混じったのかは定かではない。

知った以上、名家であるアルトワ家を名乗るつもりはないし、ましてこんな血は一滴も残さないほうがいい。

もともと異性に興味は薄く、結婚したいと思ったことはない。子供を作ろうという気もまるでない。

こういう人間にこそ神官は向くはずである。何ものにも囚われず、一心に神に仕えることが出来るからだ。

いかにペガサスとはいえ、神学校まで行き、戻ってくるには半日ほどかかるはずだ。

神学校の制服はもう手元にないが、しごくシンプルな衣服に着替えてラシェルは待っていた。

窓の格子ごしに口笛を吹き、小鳥たちを呼び込んだ。彼らにパンくずを与え、啄《ついば》む様子を眺めながら数時間を過ごした。

夕方になって、静かに雨が降り出した。

大した雨ではないが、これでクラレンスが王都に一泊するのはほぼ確実になった――感覚的に繊細なユニコーンは濡れることを嫌うからだ。

出立は絶対に今夜がいい。

（ユリシーズはボーヌ神官を連れてきてくれるだろうか。神学校では、もうとっくに僕を諦めてしまっているのかもしれないけれど……）

夕飯の食器を下げにきたアンヌが窓のカーテンを閉めていったが、彼女が去った途端にまた開けた。

もうすっかり日は沈み、窓の外には闇が広がっている。

星一つない空に目を凝らし、ラシェルはそこに銀色に輝く馬の姿が見えてくるのを待つ。

『今日は来ないんじゃないかしら。ラシェルはそろそろ寝たほうがいいわよ』

あふあふと欠伸を堪えながら、妖精のウィウィが言ってくる。彼女はもう枕に身を伏せていた。

ノンノンはそれを是としない――いつの間にか、ノンノンのほうが肯定的なことを口にするようになっている。

『ユリシーズは絶対に戻ってくるぜ。あいつは真面目で賢い馬だから、今夜しかないってことは分かってるはずだ』

『でも、お天気が悪すぎよ。翼が濡れるのは嫌なものよ』

『濡れたって来るさ』

『そうかしら？』

妖精たちの言い合いを聞き流す一方で、ラシェル自身はユリシーズが戻ってくるのを確信していた。あの逞しいペガサスは雨などものともしないはずだ。

雨足が強くなり、塔の天井から雨漏りが始まった。二箇所に水差しとコップを置いた。

漏れてくる水滴を受けるどこか滑稽《こっけい》な音を耳に、時間が刻々と過ぎていくのを待っていた。

「……あ」

ついにラシェルは暗い空に一点の光を見つけた。光は二点に増え、それらは銀色の鳥のように見えてきた。さらに、鳥は翼のある馬の形に。

後ろを来るペガサスの背には人が乗っていた。

「オルスさんだっ！」

ラシェルは雨が入り込むのも構わず、観音扉を大きく開いた。

格子の隙間から腕を出し、ひらひらと振った。

(気づいて。僕はここだよ、気づいて！)

迷う様子もなく、ユリシーズはラシェルの窓へとまっすぐ進んできた。

「ユリシーズ！」

すぐにウィングとその背に乗った——黒いフード付きのマントを目深に被ったボーヌ神官も追いついた。

『あらぁ、黒髪のハンサムさん』

ウィウィが囁くのに、むっつりとノンノンは言った。

『辛気臭い感じだな、オレは好かない』

ラシェルとボーヌ神官は格子ごしに再会した。

あれから二か月は経っていないが、ずいぶん久しぶりの気がした。

二人は手と手を取り合った。

「ラシェル……よかった、元気だったんだね。我々の間では、きみは死んだことになっていたよ」

「僕を掠ったのは兄のドラゴンだったんです。その後はずっと見張られていたので、自力で戻ることが出来なくて……」

「そうか、クラレンスはドラゴン使いだったか……ああ、彼の母親は魔女だったたね」

「神学校に戻りたいです。僕は貴族の暮らしを望みません」

「分かっているよ。わたしには分かっている、きみはわたしと同類だものね」

ボーヌ神官はラシェルの手の甲に唇を押し当て、変わらない親愛の情を表現した。

「僕をここから連れ出してくださいます?」

「もちろんだとも。コラール神官から錫杖《しゃくじょう》をお借りしてきた」

ボーヌ神官はベルトに差してきた錫杖を抜き、ラシェルに見せた。

「先端から光が出るんだ。雷のようなもので、鉄や石をも破壊する」

この特別な武器は、戦争のときに神殿を守るために使われた。神官が隠し持つ一撃必殺の飛び道具である。

「さあ、その窓から下がって……ああ、伏せたほうがいいかもしれないよ」

「はい」

ボーヌ神官はなんでもないことのように指示したが、錫杖の威力は過激としか言い現す言葉がない。

ラシェルは部屋の中央にあるベッドの後ろまで下がり、身を低くした。

「いくよ」

ボーヌ神官は錫杖を振り上げる直前、長々と口上を述べた——神の力をお貸しください、という意味の古い祈りの言葉である。

シャイーンッ！

しっかりと瞑った瞼《まぶた》の上からも光ったのが分かった。

続いて、バリバリッという音を聞いたと思った途端、雨風が身体に押し寄せてきた。

見れば、窓のあった方の壁が屋根の一部と共に吹き飛んでいた。


塔の部屋は半壊した。

「さあ、きみのペガサスに乗りたまえ」

ユリシーズが降りてきた。

『やっと一緒になれたな』

『やっとね』

ラシェルがユリシーズの側に駆け寄ろうとしたときだった。

「ラシェルさま！」

乳母のアンヌがその場に飛び出してきた。

「いけません、行ってはダメです」

彼女は叫び、飛びつくようにしてラシェルを抱き締めた。

「アンヌ、放して。僕は行かなけりゃ」

「ダメですっ」

アンヌは首を振り、ラシェルを抱く手をいよいよ強めた。

「あなたのお母さまは信心深い方でしたけど、神は少しも願いを叶えてくださらなかったのです。亡くなる前はむしろ恨んでいらした。どうしてもそんな神の元へあなたを差し上げるのは、どうしても承服出来かねるのです。半年前に神学校に入学させてしまったことは後々死ぬほど後悔しました。わたしはあなたを行かせませんっ」

「僕は神官として生きたいんだ。放してよ、アンヌ」

「ダメです、ダメ」

アンヌを押し退《の》けようともがいていると、頭上からグゥオオオ…という唸《うな》り声が降ってきた。

ユリシーズが戦慄の嘶きを上げた。

驚いてか、アンヌの腕が少し緩んだ。咄嗟《とっさ》にラシエルは彼女を押し退け、ユリシーズの首に手を伸ばした。

それなのに、一瞬のうちに目の前からユリシーズが消えてしまった。

ラシェルは唸り声の主に気づいた。

フェイだった。

フェイが翼でユリシーズを弾き飛ばしたのである。

そして、フェイの首の後ろからクラレンスが飛び降りてきた。

「油断も隙もないな……塔の雨漏りを心配して、急遽戻ってきたらこんなことに」

クラレンスはきつい目つきでラシェルを見下ろした。

「に…兄さま！」

「わたしは許さないと言ったよな？」

ラシェルは首をいやいやと振りながら、崩れた開口部へと躙《にじ》り寄っていく。

「ぼ、僕はオルスさんと行きたい。ここにいても、僕はなんのお役にも立ちません……だから、行かせてくださいっ」

落下したユリシーズを気にしつつも、ボーヌ神官は騎乗するペガサスのウィングをラシェルのところへと近づけた。

「クラレンス、この子は神殿に血判を提出した身の上だ。とっくに神に仕える者なんだよ。連れていかせて貰う」

「ダメだ！」

クラレンスが叫ぶと同時に、ラシェルとボーヌ神官の間にドラゴンの顔が割り込んだ。

フェイの猛々《たけだけ》しい咆吼に、ウィングはじりじりと下がってしまった。

クラレンスはラシェルの腕を摑んだ。

「びしょ濡れじゃないか。さあ、下の部屋に行こう」

声は優しげだが、その緑の瞳の中に抑えつけた感情の波が激しくうねっているのが見えた。緑色のドラゴンがそこにいる。

ラシェルは首を振った。

「……兄さま、僕を行かせて！」

「行かせるかっ」

「お願い、行かせてください。行かせてよぉ」

そのとき、フェイが鋭く鳴いた。

ボーヌ神官がドラゴンに向かって錫杖を振り上げたのである。

錫杖から出る光の矢がフェイの翼の付け根を射抜き、フェイはバランスを崩して湖へと落水した。

雨音を凌《しの》ぐものすごい音がした。

「おのれぇ」

クラレンスはかつてのクラスメートをぎりぎりと睨み付けた。

ボーヌ神官も視線を返した。

「……神官は無益な争いは好まないが、必要なときには戦わねばならないのだ」

そう言って、今度は錫杖をクラレンスに向けた。

クラレンスはにやりとし、挑発的に顎をしゃくった。

「撃てよ、オルス。神官ともなると、ネズミも殺せなかったお前がわたしに武器を向けるのか。神の名の下なら、なんでも出来るってわけだな」

「わたしはわたしのすべきことをするだけだよ。そう、神の名の下にね」

「さあ、撃てよ」

「そ…それは、ダメですっ」

慌てて、ラシェルはクラレンスの前に立ちはだかった。

「オルスさん、兄さまを撃たないで！」

「ラシェル、下がっていなさい。もともと殺す気はないよ」


ボーヌ神官は冷静に言ったが、ラシェルはそこを退《ど》く気にはなれなかった。

兄が傷つくところを見たくはない。

「ダメ…ダメですっ！」

クラレンスはそんなラシェルの背中からやんわりと腕を回し、抱き締めてきた——冷え切った身体に、彼の体温が殊更《ことさら》に熱く感じられた。

「……ラシェル」

クラレンスが耳元に囁いてくる。

「わたしはお前を誰にも渡さない。オルスにも、神にもな」

その台詞はラシェルの鼓膜を震わせ、首筋にかかった吐息が全身の肌を粟立《あわだ》たせた——が、それは嫌悪のせいではない。

兄に処理されたときの熱を思い出し、ラシェルは目眩を覚えた。

（ああ、僕は…僕の身体は――）

こんな気持ちになるのなら、やはり兄の側にはいないほうがいい。

不意に、クラレンスは右拳を突き出し、中指に嵌めている竜を象《かたど》った指輪から光の礫《つぶて》を放った。

「う」

それはボーヌ神官の手の甲に当たり、彼は錫杖を取り落とした――真っ暗な湖の中へ。

主人を守るためにペガサスは急いで後ろへと下がり、充分と思われるだけの距離を開けた。

もうラシェルは手を伸ばしても彼らに届かないし、飛びつくことも出来ない。

「今日のところはこれまでか」

武器を失った神官は言った。

「ラシェル、きみがここで生きていること、そしてまだ神に仕える気があることも分かった。大神官に訴え、他の方法でお前をこちらに取り戻そう。待っておいで」

去りかけるボーヌ神官を呼び止めたのはクラレンスだった。

「オルス、もう二度と来なくていい。ラシェルは神官にはなれないのだから」

そう言いながら、クラレンスはラシェルのシャツを左右に引き裂いた。

「に、兄さ…――」

なにをするのかと問いかけようとした唇は唇で塞がれた。ねっとりと絡みつく舌に呼吸を掠われる。

ラシェルは兄から離れようとしたが、許されず、露《あら》わになった胸を掌で探られた。

（う…うわっ）

肌が粟立つのはなぜなのか。膨らみのない胸にある突起が堅くなるのはなぜなのか。

「や、やめて……兄さまっ」

クラレンスが囁く。

「ほら、気持ちいいだろ？　人に触れられることは、こんなに気持ちいいことなんだ」

気持ちがいいんだろうか、これが。

雨で冷え切った半裸を撫でる兄の手は熱く感じるのに、逆撫でされる刺激で背筋がぞくぞくしてくる。

兄の手から逃れられないまま、ラシェルはボーヌ神官に目を向けた。

ボーヌ神官は啞然《あぜん》としていた。

「クラレンス、な…なにをしてるんだ？」

「なにって？」

クラレンスが喉で笑いながら、ラシェルの首筋を舐める。

「見たまんまだよ。ラシェルを可愛がってやろうとしているのさ」


「……やめ…て、こんなのは変です。いけないこと」

変だという認識はあるのに、ラシェルは上手く抗えない——どうしてか力が抜けてしまうのだ。

「変じゃないさ。わたしがお前に教えてやるよ。人間は言葉以上に身体で愛し合うことが出来るんだ」

クラレンスはラシェルのズボンからベルトを抜き取り、前を大きく開いた。

「あ、ああっ」

きゅっと摑まれて、ラシェルは喉で尖った声を出した。

ボーヌ神官が震え声で問いかけてくる。

「愛し合うって、お…弟だろう？」

「弟と愛し合ったら……そうだな、同性愛かつ近親相姦ってことになるな。高潔な神官たちには認められない最悪な事態だろうよ」

悪びれず、クラレンスは答えた。

「か、神よ！」

ボーヌ神官が天に呼びかける。

しかし、神は怒りの雷《いかずち》を落とすようなことはなく、クラレンスはラシェルの下衣を一気に引き下ろした。

「見ろよ、オルス。これが当たり前の人間だ」

ラシェルのそこは無自覚に半分勃ち上がっていた。

「み…見ないで！」

ラシェルは身を捩《よじ》って逃れようとするが、クラレンスにそこを握られてしまった。

「美しい形なんだ、見られたって別に構わないじゃないか」

無情にもクラレンスは言う。

「い、嫌だ……やめて、兄さま」

「こうすると、気持ちいいって覚えてるだろ？」

もちろん、ラシェルが覚えていないわけはない。

自分以外の人間に触れられたのはあのときが初めてだったし、それが他でもない兄だったのだ。

やはり安心感があったのは否定出来ない。

彼がどう握り、どう動かしたのか——力加減やリズムは忘れられるものではなかった。

思い出してしまうと、頭の中が快楽の記憶に膨れ上がる。

「あぁ、お願い。やめて……」

冷たい雨が興奮を覚ましてくれるのを願ったが、もう肌の上に落ち、流れる雨すらが刺激となってくる。

「やめて、兄さまぁ」

言いながらクラレンスの手首に手をやるも、拒絶の動きにはならなかった。

ラシェルはちらとボーヌ神官に目を向けた。

その瞳に涙を見たからなのか、ボーヌ神官はいきなり茫然自失状態から脱した。

「やめるのだ、クラレンス！」

なにか吹っ切ったように、憤然とこちらに向かってきた。

そこへ飛び出したのはアンヌだった。

ラシェルとクラレンスを後ろに立ちはだかり、アンヌはボーヌ神官に言い放つ。

「神官さま、お帰りくださいませ。ここから先はアルトワ家の内々の事情でございます。どうか踏み込まれませぬように」

「そ…そういうわけにはいきませんっ。ラシェルの乳母どのとお見受けしたが、クラレンスのすることをあなたは肯定出来るのですか？」

「わたしはなにも見ませんし、なにも聞きません」

アンヌはきっぱりと言った。

「ラシェルさまのことは…いっそ、亡くなったことにしてくだされればいいのですよ」

「お退《ひ》きください、乳母どのっ」

「嫌でございます！」

抗議するかのようにペガサスがバサバサと翼を動かす。

「アンヌ、もういい。オルスに見せてやればいいのだよ」

クラレンスはほとんどが雨に濡れてしまったベッドの上にラシェルを下ろし、その四肢の下に組み敷いた。

（……ううう、兄さま……まさか、本気…なの？）

ねっとりと口づけされながら、まだラシェルはどこかこの事態を捉えきれずにいた。

戸惑ったままなのに、身体は兄の手が導く快感を貪り始める。

「もっと足を広げてごらん、ラシェル」

「……………」

そこで、ラシェルは兄の冷静さを欠いた表情を見た──焦れて、怒りを燻《くすぶ》らせ、我を忘れているような様子はクラレンスらしくなかった。

「……に、兄さま」

「お前を誰にも…オルスだろうが、誰だろうが、神にだって渡さない」

押し殺した声で言った。

「わたしのものになれ、ラシェル」

「ぼ、僕は…男です」

「構わない」

クラレンスはラシェルの足を開き、腰が浮くまで折り曲げた。

「な、なに…を？」

露わになった場所を探ってくるのは舌なのか。

羞恥と恐怖にラシェルはどうしていいか分からず、ただ顔を手で覆うだけだった。


その手の上に妖精たちが乗って、話しかけてきた。

『なぜ抵抗しないの、ラシェル？　最後までしちゃったら、わたしたちと話すことはもう出来なくなるのよ？』

『大人になりたかったんだろ、本当は。不倫した母親を理解したいんだもんな。どんだけ気持ちいいのか知れば、許せるようになるのかもしれない』

『ダメよ、ダメ。ラシェルは清らかな神さまの子であるべきよ』

『相手がクラレンスならいいんじゃね？　憧れの兄上だぞ。そして、血の繋がり以上の家族になるのさ』

おぞましいはずの行為なのに、なぜか兄にそんなことをさせてしまっているのを申し訳なく思う自分がいる。

（僕はもう…神学校には戻れそうもないや。兄さまにこうまでさせている自分を許せないもの）

舌先が入ってくるむずむずする感触に、ここで繋がるんだと意識した。

「……ごめんな、ラシェル」

クラレンスの囁きは、雨音に掻き消されるところだったが、辛うじてラシェルの耳まで届いた。

(に、兄さま…!?)

謝られるとは思ってもみなかった。

舌でほぐされた場所に、なにか堅いものが押し当てられた。それがクラレンス自身だとラシェルが理解するより先に、ぐいっと無理矢理に狭い箇所がこじ開けられた。

ず、ずずず…とクラレンスが入ってきた。

「あっ、あぁぁ」

鋭い痛みが局部を走り、内臓を押し上げられる苦痛に喘《あえ》ぐ。

そのとき、真っ暗な空で稲光が炸裂《さくれつ》した。

間髪容れず、ドドーンという地面を揺るがすような雷鳴が轟《とどろ》いた。

近くの森の木に落ちたのだろうが、絶妙なタイミングだった。

一層激しい雨が降ってきた。

噺くペガサスを宥めながら、ボーヌ神官が言った。

「神は祝福してはいないぞ、クラレンス。今からでもやめるべきだ」

ラシェルの上からクラレンスが答える。

「別に、神の祝福なんて欲しくない。この世に生きている限り、わたしはしたいようにする。たとえ死んで地獄に落ちても後悔なんかするものか」

「な…なんと罪深い!」

「なんとでも言えばいい」

「クラレンス、お前は…誰よりも神に愛される男だったはずなのに……」

溜息を吐く神官に、果敢にクラレンスは言い返した。

「わたしの神はわたし自身だ。わたしはお前の神には跪《ひざまず》かない」

ラシェルの身の内で、クラレンスが一層雄々しく変化した。

「おお」

ボーヌ神官は呻いた。

そんな彼の前で、クラレンスは腰を使い、ラシェルの中へ自身を打ち込み始めた。

長い長い沈黙の末、なすすべもなく濡れそぼったボーヌ神官は呟くように言った。

「――…分かった」

彼はラシェルに声をかけることなく、激しい雨の中を去っていった。

遠い闇へとペガサスの白い翼が溶けていく。


「あぁぁ」

ラシェルは低く声を漏らした。それが嘆きなのかなんなのかは自分でも分からなかった。

「行かれましたね」

と、アンヌ。

「下のお部屋のお風呂を湧かして参ります」

「急がなくていいよ」

クラレンスが言った。

「アンヌや、お前が先に風呂でもなんでも使って身体を温めるんだ。わたしたちの風呂はその後でいいから」

「クラレンスさま、お優しい……」

「風邪は引くなよ」

「はい」

アンヌが出ていった。

その間もラシェルとクラレンスは深く繋がってい

た。

「ラシェル」

クラレンスが身を屈めて、口づけしてきた。

「もう放さないからな。どこへもやらない。誰にも渡さない。お前はわたしの側にいればいいんだ」

口づけは甘く感じられた。

舌の絡め方は知らなかったが、兄がそうするのを嫌だとは思わなかった。

雨と遠くからの雷鳴に聴覚を奪われ、一層敏感になるのは触覚と嗅覚だった。

(これでよかった…とは、言えないけれど)

神学校に戻らねばならないという頑固な思い込みの裏には、性的な興味から遠ざからねば…という怯えの気持ちも確かにあった。

こうなってしまうと、もう神官にはなれないだろう。神学校に戻ってもどうしようもない。

この身はクラレンスに抉《えぐ》られ、きっと心も……。

もういいやという捨て鉢な気持ちのせいか、兄を拒む理由が見つからなかった。

(男同士だとか、兄さまには婚約者がいるだとか……あぁ、今はいい。熱くて、考えられない。全身が心臓になったみたいだ)

絡んでくる舌に応えてみる。

クラレンスが喉で笑ったような気がした。

(兄さま……!)

兄を嫌いだと思ったことは一度もない。

むしろ強く憧れているからこそ、なにをやっても追いつけないという無力感に繋がった。

思うさま唇を貪りながら、クラレンスはラシェルの前に指を絡めてきた。

いつの間にか臍《へそ》までそそり立っていたそれは、二度三度扱かれただけで先端から先走りを零し始め、ラシェルは自分の腹部がひたひたと濡れていくのを見た。

「……可愛いなぁ」

兄の呟きはどこか遠くから聞こえてきた。

（そんなわけないのに……グロテスクで、いやらしいよ）

そう心で反論しつつも、身体の火照りはいや増した。

（兄さまのは、もっと……――）

まだ目にしたことがないクラレンスのものはラシェルの身体の中にある。

熱い塊は自分のそれよりも質量があるだろうし、形もきっと雄々しいに違いない。

クラレンスが腰を使い始めた。

「あ、あぁ…ん」

自分を穿《うが》つ熱い塊の存在には慣れかけていたが、出し入れされるのはまた別の感覚だ。狭い入り口がきしみ、中がざわめく。

これは苦痛……――いや、だんだん快感になっていく。

「に、兄さま……！」

ラシェルはクラレンスの背にしがみついた。

そして、その肩の先に、こちらを覗き見ているペガサスを認めた。

（……ユリシーズ！）

フェイに撥《は》ね飛ばされたユリシーズは無事で、いつの間にか戻ってきていたのだった。

そして、彼は見てしまったのだ――相棒がもう神に仕える身体ではなくなったことを。

目が合うと、ペガサスは悲しげに長々と嘶いた。

そして、雨の夜空に飛び立った。

（ごめんね）

ラシェルは目を瞑った。

思いがけない涙が頬を伝い、それに気づいたクラレンスが唇で吸った。

「ごめんよ、ラシェル」

彼は言った。

ラシェルがいいんだという意味で首を横に振ると、クラレンスは吐き出すように告白、懇願した。

「わたしにはもうお前しかいないんだよ。こんなふうに引き止めたわたしを許してくれ」

ラシェルはまた首を横に振った。

「兄さま」

許しなど乞わなくてもいい。

「痛すぎるか？」

「ううん」

「ああ、わたしは気持ちがいいよ。すごく…すごく、お前が締めつけてくるから」


「……そんなこと、い、言わないでっ」

首をいやいやと振りながら、背に回した指に力を込める——もっと動いていい、と。

もうなにも考えたくなかった。

クラレンスが動くたびに内壁が擦られ、腰が甘く痺《しび》れてくる。

そろそろこれを快感だと認めてもいい。

足の付け根が痛いほど突っ張り、ラシェルのそれは触ってもいないのに登り詰めかけていた。

（……人と人が肉体で繋がると、こういう感じになるんだ。だから、人はこれをしたがるんだね）

知りたくても、知りたくなかったこと。知りたくなくても、知りたかったこと。

以前は、内気すぎて、他人に近づくのが怖かった。自分が不義の子だと知ってからは、性行為に嫌悪感を持たずにはいられなかった。

「あ…あぁ」

押し寄せる快美感を拒む気はない。

揉みくちゃになって、自分がどこに行き着くのかも分からない危うさに酔う。

クラレンスが内壁の一点を抉るように擦り立てたとき、ラシェルはついに絶頂に達した。

「う、ううっ」

先端が弾けた。

ビシュッ、ビュッ、ビュッ。

勢いのよい放出は、気を失うかと思うくらいに快感だった。

びっくりして、泣きそうになってしまった。

「ラシェル?」

クラレンスはラシェルの顔を覗き込み、鼻先と鼻先を擦りつけてきた。

「あと少しでわたしも達くから、もうちょっとつき合ってくれ」

「……兄さま」

舌先を口から覗かせ、口づけを強請《ねだ》る。

クラレンスが笑った。

「いい子だ」

唇を合わせながら、また腰を使い始めた。

上と下の二点で繋がり、絶え間なく揺すり上げられ、ラシェルは思考を手放した——この剝《む》き出しの一体感が全てだ。

(ああ、兄さまがここに……!)

今誰よりも近く、誰よりも慕わしい。

「あ…あぁ、ん……」

自分の声に甘さが加わる。

「ラシェル……ああ、ラシェル」

兄が呼ばわる声に身体を熱くし…——そして、自分の欲望の証を自分の手でぎゅっと握り締めてしま

う。

クラレンスの差し抜きが速くなった。

「ラシェル、わたしもだ…――もういくよ」

そう宣言し、クラレンスは頭を振り上げた。

身体の深いところに衝撃を受け止めながら、ラシェルは自分もまたクライマックスを迎えた。

二人の身体の間に温い飛沫《ひまつ》が飛んだ。

それに構わず、がっくりとクラレンスが身を伏せてきた。

ラシェルの骨張った肩に頬を置き、クラレンスは噛み締めるように言った。

「……誰にもお前を渡したくないってこの気持ち、ただの独占欲ではないらしい」

「な…なに？」

「愛しているんだよ、この世の誰よりも」

微笑むつもりだったのに、ラシェルの喉からはヒューッと高い悲鳴のような音が漏れた。

溢れてくる涙……止まらない、止められない。

「泣きたいなら、泣けばいい。それでも、わたしは間違ったことはしなかったと思ってるよ」

そのクラレンスの台詞で、失ったものがはっきりと分かった――神学校でもペガサスでもなく、神官になるという将来でもない。まして、死後に天国へ行けなくなることでもない。

「……僕たち、もう兄弟じゃないね」

そう、失ったのは兄弟としての愛だった。

「そんなつもりはなかったよ」

クラレンスはラシェルの耳を舐め、これまで聞いたことがないような優しい声音で言った。

「でも、愛は愛じゃないか」

「そうかな」

「大きく変わることはなにもない。わたしを信じてくればいいよ」

　しばらくラシェルの涙は止まらなかった。

（……どうしてそんなふうに言えるの？）

　初めて兄を愚かだと思った――兄弟でなくなったら、二人の繋がりは極めて希薄なものとなる。

（あなたが手に入れたものは、それほどいいものじゃないかもしれない。いずれ、それが分かってしまったとき、僕はどうなってしまうんだろう）

　縋る神は失ってしまった。

　さめざめと泣くラシェルを抱きながら、クラレンスはただ雨音に耳を傾けているようだ。

　彼にはラシェルの涙の意味は分からないだろうし、知ろうとはしてこなかった。分からなくていいと思っていたのかもしれなかった。

＊7＊

　瞼の上を通り過ぎたそよ風に、ラシェルは目を覚ました。

　自分の部屋の天蓋付きのベッドの中で、なにもかもがさらりと乾いた状態なのが嬉しかった。

　下半身はだるかったが、頭はすっきりしていた。

　そして、これまでなかったほどあたりが静かなのに気づいた。城に棲み着いている者たちのひそひそ話す声や、妖精の羽音が聞こえない。

「……あぁ、そうか」

　ラシェルが大人になったからである――性愛を知ってしまうと、もう彼らとは無縁となる。

　寂しいような気もするが、これが普通の人間の世界なのである。

　鈍くなったにもかかわらず、感覚はとてもクリアだ。これまでがノイズ過多で、どうかするととても惑わされやすかったのだと分かった。

「お目覚めですか？」

アンヌが入ってきた。

「……ああ、おはよう」

「昨夜の嵐が去って、とっても良いお天気なんですよ」

「うん、そうみたいだね」

昨夜の記憶はまるで夢だったかのように不鮮明だが、それが実際に起きたことなのは承知していた。

他に誰がいるわけでもなく、その必要はないのに、アンヌが少し声を潜めて問いかけてきた。

「お身体は大丈夫ですか？」

「少しだるいだけ」

妊娠するわけじゃない、とラシェルは心の中で呟いてみた。

（……母上は僕を身籠もったけどね）


アンヌは軽く頷いただけで、もう昨夜の行為を仄《ほの》めかしもしない。

「長い時間、雨に打たれましたからねぇ」

「お風呂でよく温まってから寝たよ。だから平気だったよ」

クラレンスが一緒に入り、洗ってくれたのだった。どこもかしこも……――丁寧に。

そして、腕枕で寝かせてくれた。

「兄さまは？」

「裏庭においでです。怪我をしたドラゴンのお世話をなさってますよ」

「フェイの怪我はひどい？」

「少なくとも、今は飛べないようです。ドラゴン専門のお医者さまはいませんから、クラレンスさまは古い本を調べていらっしゃいます」

「そっか」

「起きて、お食事になさいますか？」

「お茶とビスケットくらいがいいんだけど」

「畏まりました」

軽く食事をしてから、ラシェルは裏庭に出た。

芝生の上に小山のように伏しているドラゴンの呼吸は荒い。

湖に落ち、自力で這い上がってきた痕跡は地面に残り、あたりには血の匂いが漂っていた。

実際に傷を見る気にはなれなかったが、それだけでもひどい怪我だというのが伝わってきた。

（僕たちのせいだ……いや、僕の）

神官の錫杖が、あれほどの威力で襲いかかろうとは。

ラシェルは思い出して身震いする——フェイはどれだけ怖い思いをしたのだろう。

そのフェイに薙ぎ払われたペガサスも可哀想だった。

（ごめんね…ごめん）

クラレンスはドラゴンが伸ばした前足に座り、革表紙のぼろぼろの本に見入っていた。

「兄さま」

ラシェルが声をかけると、顔を上げた。

「ああ、おはよう」

クラレンスは微笑んだが、目の下の翳りは色濃く、疲弊しているのは明かだった。

「もしかして、寝てない？」

「フェイが生きているのは分かっていたけど、思ったより重傷だったんだ……雨が止《や》むのを待って、火を焚《た》いて温めてやらなけりゃならなかったよ」

「血は止まったんです？」

「自分で舐めて止めたみたいだが、化膿《かのう》しないか心配でね……」

クラレンスはどうしようもないというように首をゆるゆると横に振った。

「人間の薬ではいけないんでしょうか」

「ドラゴンはほ乳類じゃないからなぁ。本人は寝てればそのうち治るって言ってるけど、そんな浅い傷には見えない。その昔、ドラゴンが戦場に出ていたときなら怪我することもあっただろうと、調べているんだけど……いや、これには困ったな。古い言葉で書かれてるんだよ」

「ちょっと見せて貰ってもいいですか？」

並んでいる文字は古い聖典とそっくりで、ラシェルには見覚えがあった。

目を走らせるラシェルに、クラレンスは本について説明した。

「これは魔女の家に伝わる『ドラゴンの飼い方』を記した古い本なんだ。もともとドラゴンは魔女だけの騎獣だったんだよ。戦争のとき、魔女は王家にドラゴンを操る呪文を授け、貸与したと聞いたことがある」

「これ、神官の古い聖典と同じ言語です。神学校で勉強したから、僕には読めるかもしれません」

聖典と魔女に伝わる古書に使われている言語が同じであることは驚きだったが、伝説を鑑《かんが》みれば不思議はないのかもしれない。

そう広くは知られてはいない伝説によるなら、神の使徒に一人だけ女がいたという。彼女は神の妻によって追放されてしまい、森に隠れて魔女となったとされている——アルヴァロン王国では。

「読めそうか？　わたしは辞書を引いても、なんとか目次の判別が出来ただけなんだ。ここらへんに、病気や怪我についての項目が書かれてないかな？」

「ええ、ここに…——銃弾を受けたとき、刀傷のとき、擦過傷、雷撃を受けたときが分けて書いてあります」

「雷撃…なのかな、あれは。穴が開いて、焦げた肉の間から血が出てくるんだが。そのあたりを読んでみてくれないか？」

「はい」

読みながら、ラシェルはドラゴンが戦場に出ていた時代の過酷さを思った。

いろいろな怪我の治し方があるということは、それだけさまざまな怪我をしていたということだ。

クラレンスは頷きながら聞いていた。

「……大体は分かった。焦げた部分をそぎ取り、薬を浸した布を詰めるんだな？　それをやる前に、薬を作っておかなければならないわけだ」

「材料はここに載ってるけど、うちのルヴァーン山のルド聖水って結局は水でしょ。どこの水でも大丈夫な気もしますが……」

ラシェルは言ったが、相棒の手当てを間に合わせにするつもりはクラレンスにはなかった。

「いや、この期に及んでそういう省略はしたくない。この通りに全ての材料を集めるよ」

クラレンスは直ちに心当たりの者――ガーゴイル乗りの郵便配達少年やユニコーンの御者、ケンタウロスを相棒にしている猟師らに使いを出し、彼らに報奨金を示した上で、困難な場所にある薬の材料を取得してくれるように依頼した。

とある稀少《きしょう》な植物の採取においては、クラレンス自身が森へ探しに出かけた。

その間、ラシェルはフェイの側にいた。

フェイはずっと荒い呼吸のままで目を瞑っていたが、どのみちラシェルはもう彼と会話することは出来ない。

そこかしこにいるだろう妖精たちも見えなくなってしまい、ラシェルは孤独を感じた。

そして、自分のペガサスのことを思い、胸に痛みを覚えずにいられなかった。

（……僕は僕ではなくなってしまったな）

世間的には死んだことにされてしまい、この城でひっそりと暮らすしかない。

それもいいかなと思っている自分は、なにを諦め、なにを得たのだろう。ちゃんと分かっていたが、認めたくない気持ちがあった。

夕方になって、昼間の暑さが嘘だったかのように気温が下がった。

季節が秋に向かっているのを実感しながら、ラシェルはフェイのために火を焚いた。

フェイが薄目を開けるたびに、洗濯用の浅い木桶で水を飲むように促す。水だけでなく、なにか食べさせたほうがいいのだろうか。

半日以上経ってから、クラレンスたちは薬の材料を手に戻ってきた。

疲れ果てたクラレンスに代わり、魔女の古書に従ってラシェルが薬を作ると申し出た。

大鍋を煮立て、材料をすり潰すなどして薬を作っていく……。

薬が出来上がり、充分に冷ましたそれを下ろしたてのシーツに染み込ませ、患部にあてがうまでをやり遂げたのは夜明け前だった。

フェイが一吠えしたが、それは「ありがとう」の意味だったと思う。

「お前は部屋に戻ってお眠り」

クラレンスは言ってくれたが、ラシェルは首を横に振った。

「ここにいますよ、僕も」

「そんなにわたしの側にいたいのか？」

緑の瞳がきらりと閃いたのに、ラシェルはついと目を逸らした。

しかし、部屋へは戻らない。

無邪気に兄を慕うことは出来ないが、離れていたくはなかった。

再三クラレンスは自分にはラシェルしかいないと口にしていたが、本当のところ、彼には仕事上のパートナーも親友も婚約者もいる。このフェイだってクラレンスの相棒だ。

しかし、ラシェルにはもうクラレンスしかいない。眷属《けんぞく》だった妖精たちは見えなくなり、相棒となるはずのペガサスも去ってしまった。

（アンヌはいるけど……もともとアンヌは母上の乳母で、側にいて世話をしてくれるのは母上の頼みあってこそだ）

友人らしい友人はいない。

（僕にはもう兄さまだけだ）

自分の気持ちに向き合う勇気はまだない――が、分かっている。ぎりぎりまで向き合わないほうがいいのだ、と。


兄弟は城の中に入らず、傷ついたドラゴンのすぐ側にハンモックを組み立て、キャンプのようにして看病の日々を過ごした。

フェイの怪我は少しずつ回復していった。

翌日は呼吸が安定し、三日目には目を開けている時間が長くなった。

その様子を共に喜びつつも、血の繋がらない兄と弟は微妙な距離感を維持し続けた。

抱き寄せようとする兄からするりと抜ける弟、唇に向かったおやすみのキスを頬へとずらし、ぴったり横に座ってきたところからさりげなく立ち上がる。

しかし、兄にめげた様子はない。

不快や怒りの表情を見せることなく、微笑みさえ浮かべ、その目で弟を捉え続けた。

傷がいくらか盛り上がってきた五日目、フェイは初めて食事をした——丸ごと一頭の牛を、獰猛《どうもう》な肉食獣らしい勢いでぺろりと平らげた。

七日目、フェイは痛めた翼を広げ、羽ばたけるかどうかを試した。


深夜、ラシェルの寝息が規則的なものになってきたのを聞き分け、クラレンスは自分のハンモックからそっと起き上がった。

枕元に立ち、弟の寝顔を眺め始める。

月明かりの下、十八歳のラシェルは美しい。白っぽい金髪に囲まれた顔は可憐に小さく、長い睫毛が頬のところで反り返っている。

まだまだあどけない雰囲気を残しつつも、人間が一番美しく見える年頃である。ラシェルは男性的ではないためか、一層それが顕著だ。

一方のクラレンスも特別感の漂う美青年だ。すらりとした肢体と整った顔立ちに、燃えるような赤い髪が違和感になるかと思いきや、勇気と知恵に溢れる緑色の瞳がそれらを上手くまとめている。

兄弟として育ったが、二人に似たところはない。

『……そんなにその子が可愛いか？　初恋の女に似ているからか？』

微動だにせず弟の寝顔に目を落とすクラレンスに半ば呆れながら、その頭の中にフェイは直接語りかけた。

「なんだ、起きてたのか」

クラレンスが顔を上げた。

フェイは地面に伏せつつも、片方の目だけを開けてみせた。

『何日も寝っぱなしだったから、もう眠る必要はないよ』

「傷はどうだ？」

『少し痛みはあるが、もう大丈夫だと思う……世話になったな。明日、オレは巣に戻るよ』

「しばらく呼び出さないから、ゆっくりしてくれ」

『どうだろう、お前は人使いが荒いからな』

フェイをクラレンスに縛りつけているのはクラレンスの生母による魔法だが、長いつき合いを経て、彼らは種族の差を超えた友情を結ぶに至った。

クラレンスのことを一番よく知り、一層理解しようとしているのはフェイかもしれない——親友のアランより、もっと。

『お前、その子をどうするつもりだ？』

そんなフェイの問いには心配と好奇心が入り交じる。

「どうするって……側に置くさ、ずっとね。勢いで抱いたけど、正しいことをしたって今は思ってる」

『なるほどな』

フェイは軽く受け止めたが、クラレンスの葛藤は当初から見守ってきた。

ドラゴンの人生は人間よりもずっと単純で、好意と性欲は結びついているものだが、そうはいかない人間の営みは興味深い。

クラレンスは無自覚のうちに、弟と婚約者を両天《てん》秤《びん》にかけていた。

婚約者のカロリーヌはそれを察し、クラレンスから離れようとした——彼女は勘の鋭い娘だった。

クラレンスはカロリーヌを王都まで送っていき、その父親と話してきた。

ベルトラン侯爵は、神学校に入った弟をクラレンスが奪還したことについて一定の理解を示した。アルトワ伯爵家の将来を考えれば、弟が神官であるよりは、カペー子爵家を継がせるほうが益がある、と。

その考えにクラレンスは頷いてみせはしたものの、必ずしも愉快ではなかった。

彼は弟に家への貢献など求めてはおらず、ただ人間として幸せになって欲しいと考えていたのだから……。

そんな兄の慈愛を知ろうともせず、神官という特殊な職業に逃げ込もうとするラシェルの幼い頑固さがもどかしくて、憎らしくて……──だけど、愛しくて仕方がなくなったというのが全てだった。

それをきちんと説明したところで、ベルトラン侯爵父娘は理解しなかっただろう。

弟への執着をカロリーヌは普通ではないと決めつけて聞く耳を持たなかったし、その父は真顔でせっかくの弟は家のための駒《こま》とすべきだと言うような類の人間である。

国家間の流通に貢献したのを王に認められ、近年侯爵位を賜ったベルトラン氏が野心家だというのは周知の事実だ。王家とのさらなる繋がりを求めて、有力貴族であるアルトワ伯爵家を娘の嫁ぎ先に望んだことをあからさまに感じさせられては楽しいわけはない。

クラレンスは不愉快な成り上がり者の屋敷に長居はしなかった。

フェイを呼び、その日のうちに雨の中を領地の城に帰ろうとした。

ラシェルを閉じ込めた塔の部屋は雨漏りする。

弟が濡れていないかと心配して急いで戻ったのに、ペガサスに騎乗した神官が今まさにラシェルを連れ去ろうとしていたところへ出喰わした。

去る者を追わずにはいられないという男の本能がクラレンスを突き動かしたのかもしれない。

そして、彼はラシェルを行かせないために、決定的なことに及んだのである。

衝動的ではなかったとは言えないにせよ、今クラレンスは満足しているようだ。

「抱いてみて、全ての感情のパーツがぴたりと収まったんだ。つまり、ラシェルを愛してるんだな…と」

『兄弟として育ったのに?』

「それでも」

フェイの確認に頷いたクラレンスが、自嘲ぎみに笑った。

「オレは他の誰よりもラシェルが愛しいんだよ。ずっと側に置きたいんだ。さすがに肉欲はないと思っていたが、この腕に抱いたらしっくりきたよ。ありだなって思った」

『じゃあ、さっさと二度目を持つことだ』

フェイは進言した。

『早いとこ、その子にお前の腕の中が居場所だと教えてやったほうがいいぞ。放っておくと、また逃げ出そうとしかねない』

「いろいろ惑っているらしいのは、わたしにもちゃんと分かってるよ。同性だとか、兄だとか、わたしには婚約者がいる…とかな」

『それなら……──』

「いやいや、惑っているラシェルが可愛くてさ……わたしと目を合わせることも出来ないくせに、ときどきじっと見ているんだよね」

思い出し笑いをするクラレンスをじろりと睨んで

から、埒《らち》もないとフェイは目を瞑った。

『どうやら余計な口出しをしたようだ』

「心配してくれて、ありがとうな」

『またあのおっかない神官が出てきて、錫杖から熱い光を出されたら堪らないからな』

「怪我をさせて、悪かったよ」

『謝らなくてもいい、オレに油断があったんだと思うよ』

戦場に出ていた昔、フェイは何度ももっと際どい場面に遭遇していた。自分に向かってきた銃弾を察知しては、ひらりと交わしたものだった。

（平和ボケかもな）

クラレンスはラシェルの側を離れ、フェイの顔のところまでやってきた。

「元気になってくれてよかったよ」

顔のそこかしこをぺたぺたと触ってくる。

『お陰さまでな。死ぬような傷ではなかったが、魔女の薬で治療してくれたから、驚くほど早く治ったよ』

「ラシェルが古文書の文字を読めたお陰だな。神学校に行ったのも、まるっきり無駄ではなかったのかもしれない」

『人生、なにも無駄じゃないってことだ』

「それはそう思うよ」

クラレンスはしばらく鼻歌を歌いながら、頭上にある明るい月に目を向けていた。

やがて、ぽつりと言った。

「ラシェルのことだけどさ、わたしは手をこまねいているわけじゃないんだよ。タイミングを測っているところでね……出来れば、ラシェルのほうからわたしの寝床へ来て欲しいんだ」

フェイはくつくつと笑った。

『それはどうだろうな』

「無理かな？」

女性の扱いに長《た》け、恋愛に慣れているはずのクラレンスには勝算があるようだ。

しかし、ラシェルは男である。そうそうクラレンスの思う通りには動かないかもしれない。

（やれやれ…人間と恋の駆け引きの話をするとは、オレはいよいよドラゴン族らしくなくなってきたな）

フェイはこっそり自嘲したが、それはクラレンスに悟られてしまった。

「フェイは好奇心が強いんだよ」

『お前の母親にもそう言われたっけ』

「だから、わたしのお守《も》りを頼まれたんだろうな」

『まあ、上手くやりな』

「やるさ。高みの見物を気取っててくれ」

雲に遮られることなく、月は煌々《こうこう》と照っていた。


フェイは自分の周辺で妖精たちが歌い、踊るのを感じていたが、それを祝福のためと思っていいかどうかは分からなかった。

「……明日は晴れるな。飛行日和だぞ」

クラレンスが言った。


翌朝、ドラゴンは城の上をゆっくりと旋回し、ちゃんと飛べるということを知らしめた。

昼にまた一頭の牛を食べてエネルギーを補給すると、午後の日差しの中をねぐらのある山に向かって飛んでいった。

ラシェルとクラレンスは並んでそれを見送った。

「行っちゃいましたね……」

ラシェルはなんだか取り残されたような気分になった――フェイと話すことはもう出来なかったが、

なんとなく通じているような感覚がずっとあったのだ。

「寂しいか？」

クラレンスに問われ、慌てて否定した。

「治ってよかったと思ってますよ、もちろん。ただ看病している間は自分が役に立っていると思えたから……」

「感謝しているよ。お前が古文書を読めて、本当によかったと思ってる」

「兄さまの母上の本があるんですね。読破したら、僕も魔法が使えるようになるのかな？」

「やってみるかい？　地下の書庫にあるから、好きに読んで構わないよ」

なにをしたらいいのか分からないラシェルにとって、それは有り難い許可だった。

久しぶりにゆっくりバスルームを使い、さっぱりした気分で夕飯の席に着いた。

ナイフとフォークを使うような食事も久しぶりだった。

食べている料理について話した他はどんな話をしていいのか分からず、注がれるままにワインを飲んだ——神官は飲まないアルコールを。

うっとりした気分になって、寝室に下がろうとしたとき、クラレンスに呼び止められた。

「おやすみのキスは？」

促され、兄の頬に口づけたものの、兄からは唇へのキスを返された。

ワインで緩んだ唇を舌先でくすぐってから、クラレンスは囁いた。

「今夜、わたしの部屋においで。待ってるよ」

「………」

「兄さまを怖いなんて言わないよな？」

ラシェルは俯き、兄の顔に一度も視線を向けることなく廊下に出てきてしまった。

その耳たぶがほんのり染まっているのに気づき、クラレンスがほくそ笑んだのは知る由もない。

*

寝る前にもう一度風呂に入って、きれいな夜着に着替えた。

ベッドに身を横たえたものの、ラシェルに眠りはいっかな訪れなかった。

部屋に来いと言われたことが頭から抜けない。

(冗談…だよね？　まさか、兄さまは本気なの？本気でまた僕を…――)

誰かに相談したくても、乳母のアンヌに兄の真意を問うことは出来なかった――十八歳の男として、それではあまりに情けない。

意見してくれるはずの妖精はもう見えない。

ウィウィとノンノンはいつも左右から喧《やかま》しく言い立ててきたが、あれでラシェルが考えをまとめる助けになっていた。

フェイの手当てをしながら、雨の中の一夜を夢だと考えようとしていた。

あるいは、兄にとって、単にラシェルを神学校に帰さない手段としての行為だった、と。

期待するのが怖かったのである。

(兄さまに身も心も愛されるんなら、それ以上のことはこの世にきっとないな)

ラシェルからすれば、神に愛されることと同様の栄誉だ。

そして、神に近づけない身となった今は、信じるべきものは兄のクラレンスだけなのだ。

「ああ、どうしたらいいのか……？」

心の大部分はクラレンスに向いていても、まだラシェルには冷静な部分がある。

自分から彼の部屋に行ったら、もうなんの言い訳も出来なくなってしまう——兄のせいとは言えなくなるのだ。

（愛してるって言われた……信じろ、とも）

ラシェルを愛してくれる人は、両親が亡くなった今はもうクラレンスしかいない。

たとえ兄弟愛でなくなるにせよ、クラレンスの関心はラシェルが生きていくためには必要なものだ。

（身体で繋がったら、心をより強固に繋げられるんだろうか。身体の快感が心の快感になることも？）

ラシェルはいやいやと首を振った。

同性同士で、しかも兄弟として育った二人である。身体で繋がること自体が自然に反したことで、心の繋がりどころか、澱《よど》みや穢《けが》れとなってしまうのかもしれない。

さんざん迷って、悩んで、もうなにも考えられなくなったとき、ラシェルはふらりと立ち上がった。

（今夜が最後になってもいい）

どうなろうと、あの気持ちよさと一体感をもう一度だけ味わいたい。

とっくに真夜中を回っていたが、ラシェルのノックに兄は応えてくれた。

「お入り、ラシェル」

クラレンスはベッドに横たわり、枕元の灯りで本を読んでいた。

「……今夜は来ないのかと思ったよ」

それには答えず、ラシェルは問いかけた。

「なにを読んでいたんです？」

「下らない恋愛小説さ。演劇化されて、王都でもてはやされているらしい」

「どんなストーリー？」

「とある国の王様が妹と知らずに恋をして、血が繋っていたことに苦しむ悲恋さ。妹は王から身を隠し、王は孤独な独裁者となるも、ある日妹によく似た少女と出会う」

「もしかして、その少女は実の娘です？」

「そこまでドロドロじゃないと思うんだけど、まだ読んでる途中だからね」

クラレンスは本を置いた。

「さ、おいで」

腕を広げられ、ラシェルは兄の胸に飛び込んでいった。

「……愛してるって言ってくれましたよね？」

「ああ、言ったよ」

「それなら、いいんです……たぶんね」


ラシェルから口づけをした。

クラレンスは緩く唇を開いて受け入れ、ラシェルの性急さを優しく宥めた。

浅く、深く唇を重ねてみる。

舌を絡めるとぞくぞくしてくるのも、吸われると熱くなるのももう覚えた。

口づけしながら、クラレンスはラシェルの身体に手を這わせる。夜着の上から華奢な身体を確かめるように探り、脇腹をくすぐった。

「あ…はぁ」

背中を撫でられ、ラシェルはくったりとクラレンスに身を預けた。

「……僕、男ですよ？」

何度か口にしたことだった――でも、言わずにいられない。

「そんなことは分かってるさ」

「でも、途中でやめたいと言われたら死にたくなりそうだから」

クラレンスは笑った。

「失いたくないと思うから、抱いたんだ」

「僕…ずっと側にいられます？」

「もちろん。いないと、わたしのほうが死にたくなりそうだ。もうどこかへ行かないでくれ。ここが自分の居場所だって、分からせてやらなきゃならないな」

「僕の、居場所？」

「わたしの腕の中だよ」

耳から首へとキスをしながら、クラレンスはラシェルの夜着を剝いでいく。

枕元の灯りを落とした暗い寝室だが、恥ずかしさは少しも減らない。

ラシェルは膝を閉じ、胸で手を組んだ。


クラレンスの視線を感じる。

「ああ、きれいだな」

「……そ、そんなわけないのに」

絞り出したラシェルの声は掠れた。

「今となっては、お前が内気で臆病でよかったと思うよ。自分がきれいだって自覚があったら、無事じゃ済まなかったかもな」

「に…兄さまは、自分がすてきなの、知ってたでしょうに……」

「わたし？」

クラレンスがくっくと笑った。

「わたしは自分の容姿をちゃんと利用して、楽しんださ。父上に叱られたくらいにね……まあ、一番好きな人は振り向かせられなかったけども」

「僕の母上のこと？」

「知っていたか」

「なんとなくね……だから、兄さまは僕を？　母上に似てるから？」

「みんなが言うほど似てないよ、お前と義母上は。大体お前は男じゃないか」

「それはそう」

「それでも、お前が可愛い。誰よりもね。分からないかなぁ」

「誰よりも？　でも、兄さまには婚約者がいるでしょ」

「ああ、カロリーヌか……彼女は可愛らしくて大抵は愉快な人だが、わたしの気持ちを分かろうとはしてくれない。所詮他人だ。お前とは違う」

　そっとクラレンスがラシェルの足に触れてきたのに、ラシェルは言葉を飲み込んだ。

（……僕だって他人だよ？　本当は、血の繋がりはないんだもの）

　協力的になれずにいる膝を撫で、掌を差し込んでくる。

　その掌の温かさ、大きさ。

「あっ、あ、あ……！」

　耳に温かい息を吹きかけられ、ラシェルは思わず緊張を解いた。

　その隙にクラレンスの手は足の付け根に達し、太腿で押さえつけられていたものを掬《すく》い上げた。

　二度三度揉むように握ると、堅くなりかけていたものがしっかりと勃ち上がった。

「これもきれいだ」

「あぁ…」

　どんな顔をしたらいいのか分からず、ラシェルは両手で顔を覆った。

　指の一本一本に口づけしてから、クラレンスはラシェルの首から胸へとキスを降らせた。

胸が高鳴り、足の付け根はもっと激しく脈打つ。

息苦しいほどに。

「ラシェル、わたしを感じてくれ。わたしの匂いや体温を覚えて、決して忘れるな」

「に、兄さま……」

胸の突起の周囲を丸く舌で舐めてから、強く吸われた。

首の後ろがざわめくのを感じつつ、兄の縮れた髪に指を入れる。

この特徴的な赤い髪こそがクラレンスだ。

「……兄さまが好き…です」

「やっと言ったな。それが聞きたかった。まあ、分かってはいたけどな」

顔を上げ、クラレンスは笑った。

「それなら、何度でも言います」

「たまにでいいさ、それより今は…——足、もっと開いて」

「え、もっと？」

ラシェルが足を開くと、クラレンスが身体を入れてきた。

あばらを逆撫でされ、ひくっと身体を跳ね上げたときにはもう彼の頭は臍下にあった。

「う、あ、あ……！」

温かく湿った口の中に収められてしまう。

探ってくる舌先、幹を扱き立てる指……おもむろに吸われると、無意識に腰ががくがく揺れる。

「に…兄さまぁ」

足の付け根が痛いほど突っ張る。

絶頂が早くも訪れようとしていた。

「も、もう…——」

その訴えを受け、クラレンスは根本を指で絞り上げた。

「まだだよ」

ラシェルの射精を堰《せ》き止めながら、一方の足の膝裏を押して身体を深く折り曲げさせた。

横向きに身体が倒されたかと思うと、後ろの窄まりに舌が這わされた。

「や…いや、そんなところは……」

ラシェルは身を竦ませ、ずり上がって逃げようとしたが、クラレンスの舌は追いかけてきた。

舌先は窄まりを何度も辿り、唾液を塗り込め、ついには入ってきた。

「ん、んん…っ」

耐え難い恥ずかしさに襲われるが、一度はそこでクラレンスを受け入れたのだ、目的はちゃんと分かっている。

丹念に舐めてほぐされ、心が先に溶けた。

（ああ、兄さま！）

クラレンスが好きで堪らなかった――欲しい、と思った。早く繋がりたい、と。

根本を絞られているものの先端から、だらだらと体液が垂れてきているのが分かった。

それが兄の骨張った指を濡らしているかと思うと、自分のはしたなさに胸が締め付けられるような気持ちになった。

身体がクラレンスを求めている。

（神官になろうとしていたくらい淡泊だったのに、僕は一体どうなってしまうんだろう）

やがて、クラレンスが顔を上げた。

人差し指の付け根で唇を拭い、夜着を脱いだ。

彼の逞しい身体が見え、ラシェルは思わず喉を鳴らした。

怖がらせたくなくて、クラレンスは自分を極力見せないでいたが、驚いたことにラシェルは自分から手を伸ばしてきた。

触れられた途端、クラレンスのそれはさらに堅くなった。

「……ドクドクって脈打ってる。生きてるみたいです」

無邪気に言うラシェルに面食らった。

「そりゃ生きてるから」

屈み込み、ラシェルが先端に口づけてきた。

思いがけない行為に、クラレンスは少し狼狽えてしまった。

「いいから」

頭を押しやると、ラシェルは軽く睨んできた。

「口でしていいんでしょ？　僕、兄さまを食べてみたい。痛くはしないから、いいでしょ」

「やめとけ」

「したいですっ」

ラシェルはクラレンスの制止をものともせずに、堅く反り返ったものと向き合った。

大きく口を開け、頬張ってくる。

（……おやおや、遅く来た思春期か？）

クラレンスは笑いたいのを堪えながら、ラシェルの好きにさせてみた。

ぎこちないながらも、ラシェルが一生懸命に舌を動かすのは悪くない。

口がいっぱいで飲み込めないのか、唇の端からだらだら唾液が零れるのがまたそそる。

愛おしさにどうにかなってしまいそうだ。

顎を軽く揺さぶって口から出させると、褒美のキスを与えた。

そのまま身を横たえ、手足を絡ませる。

ぴったりと肌を合わせるうち、クラレンスの少し高めの体温がラシェルへ移っていく。どこからどこまでが自分か分からなくなりながらも、まだ身体は繋がっていない。

クラレンスはラシェルの足の間を探り、柔らかく閉じているそこを指で探った。

「あ…あ、あっ」

甘い声が鼓膜をくすぐる。

「ここに入れるよ」

囁くと、こくりと頷いた――目の下で揺れる淡い金髪が本当に愛おしい。

クラレンスはラシェルを俯《うつぶ》せにし、腰を上げさせた。

そして、後ろから挑んだ。

ずぷ…っと先端を入れると、ラシェルの背が少し撓《たわ》んだ。

前を慰めてやりながら、少しずつ入れていく。

「……い、兄さまが、入ってくる。僕の奥へ、もっともっと…――」

「ああ、もう少しだ」

根本まで全て収まったとき、クラレンスの胸を満たしたのはやはり愛だった。

「ラシェル、お前を愛さずにはいられない」

そう口にした途端に危うく達しそうになったが、どうにか堪えた。

たおやかな背中に口づけた。

それが思いがけない刺激になったのかもしれない。

「あ、あぁぁ」

ラシェルは脇腹を震わせ、クラレンスが押さえる間もなく先端を弾けさせた。

「早すぎるぞ」

小言を言ってやると、ラシェルが涙目で振り返った。

その顔のいじらしさがクラレンスを逸《はや》り立てる。

一旦抜いて、ラシェルを仰向《あおむ》けにさせた。

あられもなく足を大きく開かせた上で、顔を見下ろしながら一気に貫いた。

苦しげな顔をするのが可哀想で、可哀想なことを自分がしているという事実に興奮する。

それでも、ラシェルは背中に腕を回してきた——その信頼がクラレンスの胸を痛くする。

「わたしを好きか？」

「す…好きっ」

素直だ。

「中にいるわたしを感じる？」

「ああ、感じる……堪らなく。感じすぎて、なんだか…怖いです。あ…あぁ、兄さまぁ」

クラレンスはじっくり味わうつもりなのに、狭い器官が締めつけを強め、体液を絞り上げようとしてくるから油断ならない。

（あぁ、先端から蕩《とろ》けていきそうだ）

リズミカルに腰を使う。

見れば、放ったばかりのラシェルのものがまた勃ち上がりかけていた——ラシェルにも快感があるらしい。

深く、浅く……そして、だんだん速く。

クラレンスはラシェルが感じて堪らない箇所を擦り上げながら、自分で自分を追い込んでいく。

「あ…あぁ、うう…ん」

ラシェルの喘ぎ声が音楽のように聞こえる。切なげなのに、濡れた甘い声だ。

このままずっと身体の奥深いところで繋がって、ラシェルの声を聞いていられるのを望む——ずっと、ずっと……。

体温が上がり、額から汗が吹き出す。ひたむきなまでに腰を動かした。

その瞬間はいささか急に訪れた。

「……う、うっ」

クラレンスは根本までラシェルの中に収め、ついに禁を解いた。

登り詰めきったところからの射精は、下腹や根本に痛みに似た衝撃を与えつつ、脳が痺れるほどの快感をもたらした。

凄《すさ》まじいまでの失墜感。

クラレンスはがっくりとラシェルの上に伏し、その華奢な肩に額をつけた。

「……ラシェル、わたしのラシェル」

こんなに強い快感はこれまでなかった。

「あっ」

ラシェルが高く叫び、二人の間に温い飛沫が上がった。

「おや、また達ったんだね？」

起き上がって見下ろすと、しっとりと濡れたラシェルがそこにいた――朝露に濡れた花のように可憐だ。

「兄さまがそうさせたんでしょ」

心外だとばかりぷいと横を向いてしまう。

「可愛いなあ」

頬をぴったりくっつけ、クラレンスは声を立てて笑った。

「ホントに可愛い……我ながら、とんだ兄馬鹿だと思うけども」

「兄さま、馬鹿なんです？」

「お前に関してはね、認めるよ」

「ふうん」

ラシェルは笑うクラレンスを見つめていたが、やがて肩を竦めて笑い始めた。

＊

夏の終わり、アルトワ伯爵領の各地で収穫祭が行われた。

城に最も近い町のそれは、代々の伯爵の肖像画が飾られている城の広間で開催された。

もちろん、城主である伯爵が料理や飲み物を提供し、集まった人々を労《ねぎら》う。

祭りの目玉であるダンス・パーティでは、参加者はみんな仮面をつけることになっていて、若い娘たちは伯爵やその友人、親戚の者たちが混じっているのを期待しつつの参加である。

昨年までのクラレンスは、このパーティで町娘を見初め、一夜の楽しみに伴うことがままあった。

「ね、あの方…クラレンスさまよね？」

「伯爵さまってお呼びしないと」

仮面をつけ、人々に紛れたつもりでも、服装や物腰から身分はばれてしまうもの。

娘たちはささめいて、次に誘って貰えるようにと壁を背に澄まし顔を作る。

しかし、クラレンスはいっかなパートナーを変えない。

「ずっと踊っている方、婚約した侯爵令嬢…ではないわよね」

「侯爵令嬢は金髪じゃなかったわ。どなたかしら……？」

「少なくとも、平民ではないわね。あんなすごいドレス、かなりのお金持ちじゃなきゃ手に入れられないわよ」

町長や工場長は目配せを交わした――まだ結婚したわけではないのだ、若い領主の婚約が取り消されることもあっていいし、他の娘と遊ぶのは若さゆえだ。

それにしても、どこの娘だろう。

クラレンスと踊る娘は顔の半分を仮面で覆っているものの、美貌のほどは想像出来た。淡い金色の巻き毛がとても美しい。

女性にしては長身で、腰がきゅっと細いのがまたいい。

その腰に手を添え、クラレンスが鮮やかに彼女を回す――豪華なドレスの裾が広がった。

「みんながお前を見ているよ」

顔を寄せ、クラレンスは娘に囁いた。

「大丈夫？　バレてない？」

「バレないよ」

仮面を被れば分からないからと説得し、ラシェルにドレスを着せて引っ張り出したのはクラレンスだった。

世間的にラシェルは死んだことになってしまったので、そこらへんをうろつくわけにもいかず、出かけるには変装が必要なのだ。

わけても、女装は大胆な変装である。見破られることはまずない。

兄弟はずっとくるくると踊り続けた。

大勢の人に囲まれていたのに、彼らはこの世には他に誰もいないかのように思えていた――お互いだけを見つめて、ずっとずっと……。

＊8＊

収穫祭が終わった後、クラレンスはいよいよ仕事のために王都に戻らねばならなくなった。

「今年のワインが飲める頃、また戻ってくるよ。お前はゆっくりしておいで」

寂しそうな顔をするラシェルの頭を撫で、上唇と下唇に交互に口づけした。

「来年にはお前が外に出られるように、わたしがなんとか考えよう」

「僕、兄さまの仕事を手伝いたい。そのためには大学に行ったほうがいいんだよね」

「ああ、そうだな……そう出来ればいいな」

クラレンスの馬車が行ってしまうと、その晩から急に気温が下がった。

城の中はいよいよ静かだ。

乳母のアンヌだけを話し相手とし、ときどきフルートを演奏し、本を読み、城の周りを散歩するだけで日々が過ぎていく。

クラレンスからは三日と開けずに便りがあった。

ある日の手紙の最後に、カロリーヌとの婚約を破棄したという一文があった。

(……僕のせい?)

ラシェルはカロリーヌと打ち解けた関係ではなかったが、彼女がクラレンスを愛しているのは知っていた。

喜ばしい気分にはならなかったし、喜ぶべきなのかも分からない。

アンヌに話すと、彼女は「ようございました」と言った。

「カロリーヌ嬢は、ベアトリス王女さまに少しばかり失礼でしたし、ラシェルさまには意地悪な態度を取られることも少なくなかったですよね……正直なところ、わたしは好きな方ではありませんよ。人の悪さが見え隠れしますから。いえ…ね、所詮は他人なんですよ」

そのカロリーヌの訪れがあったのは、それから二日後のことだった。

　執事のアルトナンは「旦那さまがおいでになりませんので…」と丁重に帰るよう促したが、カロリーヌは聞かなかった。

　自分はクラレンスの婚約者だ、未来の伯爵夫人は歓迎されるべきだと言い張った。

「失礼ですが、ご婚約は解消されたと伺っています」

「父は了解したみたいだけど、あたくしは承知していないわよ」

「はぁ、左様で」

「いいわ、ラシェルはいるんでしょ。彼に会わせて。もともとあの子と話す予定で来たのよ」

「ラシェルさまは誰にもお会いしません……その、公式には亡くなったことになっていますので」

「でも、あたくしは非公式に生きているってことを知ってるわよ」

「そ…うですが……――」

　カロリーヌはアルトナンを振り切り、城の中へずかずかと入ってきた。

　大声でラシェルを呼ばわる。

　押し問答を聞きつけてドアを開けたラシェルは、思わずそれに答えてしまった。

「こんにちは。カロリーヌ嬢、僕になにか？」

「話があるの。でも、その前になにか飲み物をちょうだい。休憩なしで馬車を飛ばしてきたから、喉が渇いているのよ」

「分かりました。アルトナン、客間にお通しして。着替えてすぐにそちらに向かいますので、お茶を召し上がっていてください」

　ラシェルは客間でカロリーヌと会った。

　カロリーヌは侯爵令嬢らしからぬ無遠慮さで、ラシェルをじろじろと見た。

「……変わったわね、ラシェル」

「え？」

「大人になったんだわ。クラレンスのせいよね……ああ、やだやだ」

ラシェルはカロリーヌの鋭さに舌を巻く思いだったが、クラレンスのために認めるつもりはなかった。

「なんのことです？」

カロリーヌはストレートに言ってきた。

「寝たんでしょ、クラレンスと」

「………」

「あなたたちは兄弟だから、考えるのもおぞましいけれど、クラレンスの執着は普通じゃなかったわ。あなたも逃げる素振りで、逆に煽《あお》ってるみたいだった。それでも、一度は神官を志したんだから、あくまで拒否するべきだったんじゃないの？」

ラシェルはなんと言ったものか分からない。

「男ばかりの寮で思春期を過ごした貴族の男に、そういう癖があるのをあたくしは理解しているつもりよ。結婚して、子供を持つまではいろいろ楽しめばいいと思ってるわ。でも、血の繋がった兄弟同士はダメよ。どうしてそんな気になるのか、想像もつかない。ゾッとするわね」

「に…兄さまと僕は違います。そういう関係ではありません」

ラシェルは言った――男同士だが、近親相姦ではないのだ。

「あら、否定するの？」

カロリーヌはぎりぎりとラシェルを睨み付けた。興奮に頰を染め、大きな瞳を光らせた彼女はいつもより美しく見えた。

「それなら、クラレンスに婚約破棄を撤回するように話してよ」

「そ、それは……」

「あたくしは悪くない嫁になるはずよ。商才に長けた父は王の覚え目出度いし、あたくしのピアノは王妃のサロンに呼ばれるくらいに評価を得て、社交界では顔も広いわ。容姿の釣り合いもよく、クラレンスに恥ずかしい思いはさせないわよ。客観的に見れば、クラレンスの得にこそなれ、損にはならないはずなのよ。そ・れ・に……――」

わざと勿体《もったい》ぶって、カロリーヌは続けた。

「あたくしは女だから、彼に赤ん坊を産んであげられるのよ。アルトワ伯爵家を途絶えさせたりしないわ。こればっかりは、あなたには出来ない芸当よ。ねえ、ラシェル」

「そりゃあ僕は男ですから……逆立ちしたって、子は産めません」

「そう、あなたはクラレンスの弟である前に男なのよ。姿形が可愛らしくて、女のように抱かれることが出来ても、子供は産めないの。妻役は無理ってことよ」

たじたじとなるラシェルに、カロリーヌはさらに捲し立てる。

「アルトワ伯爵家みたいな大貴族が、妻を娶《めと》らずにいられると思う？　理由もなく、適齢期を過ぎて妻帯せずにいる貴族の男は怪しまれるものよ」

正式な場には、妻同伴で出向くのが貴族だ。

友人関係にある貴族の家を訪問するときも妻を連れていき、夫が夫と話している間、妻は妻同士で仲良くするのが暗黙の社交ルールである。

よほど若いとき、年をとったときには許されても、基本的にはパートナーを伴わずに公的なパーティには出られない。

「あなたがいるせいでクラレンスが結婚しないなら、

将来的にアルトワ伯爵家は断絶ね。クラレンスは社交界で肩身の狭い思いをするどころか、笑いものになるかもしれないわ」

「………」

「お兄さまを愛しているなら、身を引くべきね。あなたに妻の役は無理なんだから、ラシェル」

ラシェルは黙っている。

「聞いてる？　あなた、身を引くべきだって言ってるの」

「………」

「返事は？」

「そ、そうするかしないか…は、僕は自分一人では決めません。兄さまとそう約束しましたから」

ラシェルの答えに、カロリーヌは気にくわないとばかりに鼻を鳴らした。

「穢らわしい！」

彼女は決めつけた。

「本来クラレンスはまともな人よ。あなたが勝手に神学校なんかに入ってみせるからおかしくなったの。消えるなら、もっと遠くにしなさいよ。痕跡も残さないことね」

「………」

「今なら、あたくしの馬車を御者ごと進呈するわよ。どうする？」

ラシェルは首を横に振った——その必要はない、と。

「あ、そう」

カロリーヌは冷めた紅茶を飲み干し、今一度ラシェルを睨み付けた。

「とにかく、クラレンスにあたくしとの婚約破棄なんて有り得ないと話してね。そして、あなたはどこか外国にでも行くこと。そうしないなら、あたくしにも考えがありますからね。神殿を裏切った者がどうなるか、調べたことはあって？」

最後はまるで脅しだった。

カロリーヌは来たときと変わらない傍若無人な態度のまま出ていった。

ラシェルは茫然としていた。

プライドの高さゆえに、クラレンスに捨てないで欲しいと縋り付くことが出来ず、彼女は原因であるラシェルを排除してしまおうとここまで来た。

（彼女はまだ愛しているんだ、兄さまを……僕だって愛しているけれど）

兄弟として同じ屋根の下で育ち、幼い頃から温かい気持ちで結ばれてきた。性格や能力の違いはあっても、分かち合えることは多い。

身も心も彼を愛しているのは彼女以上だと思う。

しかし、どうしようもないこともある――カロリーヌの言う通り、ラシェルには子供が産めない。

どうしようもなく男なのだ。

（僕は兄さまのパートナーにはなれない。少なくとも、完璧なパートナーには）

どうしてそこを無視していられたのか。性交に溺《おぼ》れ、睦言に酔わされて、クラレンスの側に一生いられると思っていた。

（弟として側にいることは出来ても、公私共に認められるようなちゃんとしたパートナーにはなれないんだな）

悲しいと思うより、その事実を無視していられた自分に愕然とした。

ややあって、アンヌがやってきた。

「どうなさいました、ラシェル坊ちゃま」

「……彼女は帰った？」

「ええ、すぐにお帰りになりましたよ。えらい勢いでしたね……お坊ちゃま、なにか言われたんですか?」

「身を引けって言われた」

「まあ、なんて厚かましい!」

アンヌはラシェルの足元に跪き、ラシェルの手をぎゅっと握った。

「アンヌはずっとお坊ちゃまの味方です。お母さまのベアトリス王女さまの味方であったように……」

「そうだね、アンヌ。アンヌは母上の秘密を守り、今度は兄さまと僕とのことも飲み込んで、守ろうとしてくれてる」

「幸せになることを怖れないで欲しいのです。そして、愛に目を背けないで」

「うん」

この忠義者の乳母はラシェルの母親の不貞もラシェルの同性愛も飲み込んで、それでも幸せを目指せと言う——そう、これこそが彼女の愛だ。

「ねえ、そろそろ教えてよ。僕の本当の父は誰なんだい?」

「先のアルトワ伯爵さまですよ」

アンヌは即座に答えた。

「お母さまがそう決めたのですから、そうなのです」

「そっか」

釈然とはしなくても、ラシェルはカロリーヌから受けたショックから立ち直った。

ラシェルは言った。

「僕が女ならよかったのに…って思っていたんだ。兄さまのパートナーが男では世間的に不都合だって、カロリーヌ嬢が言ってたから」

「女性になりたいですか? 収穫祭のときのドレスはお似合いでしたけどね……」

「そうだね、そういう取り繕いは出来るね」

しかし、子供は産めない。

そこに行き着くことなく、アンヌは続けた。

「他国に行けば、身体の手術を受けることも出来ますよ。ほら、シャーディさまの国ならば」

「ああ、そういうことも出来るんだ」

「でもね」

と、アンヌは言った。

「クラレンスさまはラシェル坊ちゃまのどこにもご不満はありませんよ。姿形を変える必要はないのです。五年も独身を貫かれた父上のように、クラレンスさまは社交の場でもお一人で堂々としていなさるでしょう。もし王族になにか言われでもすれば、伯爵位を返上することくらいやってのけると思います。そういうご気性ですよ」

「まさか」

さすがにラシェルは薄く笑った。


「代々続いたアルトワ伯爵家を兄さまが終わらせちゃうって？　それは僕が嫌だなあ。ご先祖さまに申し訳ないよ」

「そういうことではなく、ご親戚に伯爵位を譲られればいいのです。先の伯爵さまの姉君のお子や、カペー家のお嬢さまもおられますしね」

「なるほど……それならアリかもね。でも、兄さまが貴族でなくなるなんて考えられないな」

アンヌはゆるゆると首を横に振った。

「あなた様が神官になろうとなさった以上のことはもうありませんよ」

「僕は神官に向いていたよ？」

「それなら、クラレンス様も商人に向いています」

「そっか」

笑い出したラシェルの手を揺さぶり、アンヌは言った。

「お悩みをお話しくださって嬉しいですよ。ラシェル坊ちゃまが神学校に行くのを一人で決められたときは、ひたすら寂しゅうございました」

アンヌにはそう見えたのかもしれないが、実際には妖精たちと相談していた。清童ではなくなった今、ラシェルの話し相手は人間でなければならない。

「アンヌは一生僕の側にいればいい」

ラシェルは言った。

「僕がどう生きるか、見守って」


さらに二日後、また別の来客があった。

執事のアルトナンがラシェルは死んだと告げたのに、その人物は自分は知っていると言って城に押し入ってきたのだ。

シャイエ男爵である。


クラレンスの親友であるアランの長兄でもあり、アルトナンは半信半疑のままに取り次いだ。

陰気な雰囲気の男は、ラシェルを見るなり、錆び付いたような笑みを浮かべた。

「亡くなったとは思っていなかったよ。お元気そうでなによりだ」

「入学の際にはご尽力いただいたのに、こんなことになって……顔向けが出来ません」

「なに、気にすることはない。いろいろあったのは察するよ」

やすやすと理解を示すシャイエ男爵は、弟のアランからラシェルの生存を聞いたのかもしれなかった。

それを問うと、シャイエ男爵は首を横に振った。

「あの子は口が堅いのだよ、この兄に対してもね」

そして、男爵は訪問の用件を切り出した——これから国王アルフォンス八世に会いにいこう、と。

「え？」

ラシェルは目を丸くした。

両親の葬儀のときも声をかけて貰えなかった関係なのに、この提案は意外だった。

「国王とはいえ、あなたの伯父《おじ》であらせられるのだ。伯父が甥に会いたいと思うのになんの不思議もあるまい？」

「でも、僕は死んだことになっていて……」

「神殿の発表はそうだったがね」

このところ男爵の元に集まってきた情報を摺《す》り合わせるに、彼はラシェルの生存を確信したのだと言った。

「昨夜とある貴族の娘が婚約を解消されてしまったというので、わたくしのところへ相談に来られたのだよ。どうやら相手は近親相姦に耽《ふけ》っているとかでね……そんな関係は正しくないから、国王から諫めて貰えないかという要望だった。真偽のほどは定かではないが、彼女の婚約者はアルトワ伯爵、あなたの兄だ」

それでは、とある貴族の娘というのはカロリーヌのことだ。彼女はもう形振り構っていられないらしい。

知らぬふりも出来ずに、ラシェルは一つ頷いた。

「少し前にはね、他ならぬアルトワ伯爵からも相談を持ちかけられていたのだよ。姦淫の上に逃亡し、大神官から破門された者は火炙《あぶ》りの刑に処せられるようだが、それから救うには、過去の例を見る限りでは王の口添えがいる。王と話が出来るよう、わたくしに取り計らって欲しい、とね。姦淫し、逃亡したのはあなたなのかな、ラシェル」

「……逃亡したつもりはないです、姦淫したつもりも」

ラシェルは小さな声で言った。

「もちろん」

神学校でラシェルの後見人を務めたシャイエ男爵は、ラシェルが真摯な気持ちで入学を決めたのを知っていた。

「あなたは逃亡するような子ではない。アルトワ伯爵が、弟恋しさにあなたを掠ったんだろう。そして、あなたを手籠めにしていた。違う？」

「手籠めって……――」

「ならば、合意の上ということでも、わたくしはなんら構わないが……」

ラシェルがなんとも言えないでいると、男爵は話を先に進めた。

「あなたは甥としてアルフォンス八世にお会いするべきだ。火に炙られずに自由になるには王の口添えが必要だからね……そして、数年間は外国にいたらいい。変な噂《うわさ》が立つ前に、アルトワ伯爵はくだんの婚約者と結婚し、子供を一人二人もうけなければなるまいよ。その後なら、あなたが戻って、アルトワ伯爵が会いにこられるような家を持ってもいいと思う。問題はないよ。そのあたり陛下は寛容なお方だ、力になってくださるだろう。大体あなたとアルトワ伯は近親相姦ではないのだから。あなたは先のアルトワ伯爵の子供ではない。従って、あなたたち兄弟に血の繋がりはないわけだ」

「……し、知っていらしたんですか」

「そう、知っていたよ。もちろん。あなたを宿したベアトリス王女を前アルトワ伯爵のお屋敷にお連れし、全て飲み込んでくださいと頭を下げたのはこのわたくしなのだから」

「そ…それじゃ、母上は父上を裏切ったわけじゃなかったんですね！」

いきなり後頭部を殴られたような衝撃に見舞われた。

（ごめんなさい、母上）

母の不貞を確定とし、その生き方を蔑んでしまったラシェルだった。そして、せめて自分は高潔であろうと神学校へ入ることを決めたのである。

「ベアトリス王女は結婚前に手をつけられ、妊娠されたんだよ。お可哀想に……あまりにも美しかったがゆえに」

「ああ……僕なんか、産まなきゃよかったのに」

「堕胎は兄君である陛下がお許しにならなかったのだよ。命は授かり物だからとおっしゃってね……有り難いことに、前アルトワ伯爵も同じご意見だった」

今度こそ、ラシェルはなんと言ったらいいのか分からなかった。

「陛下は伯父として、あなたの窮地を救いたいとおっしゃっている。さぁ、会いにいこうではないか」

このとき、シャイエ男爵に従うのになんら不自然さは感じなかった。

真実を教えてくれた男爵には感謝すら覚えたし、伯父としての国王に会いにいき、今後のことを相談してみたいと思った。

堕胎を許可しなかったというアルフォンス八世は、果たして十八年後のラシェルを助けてくれるだろうか。

「今夜は舞台があるのだよ。アルフォンス八世陛下が自ら書かれた小説を舞台化したもので、陛下はそれはそれは楽しみにしておられる。あなたをそこへお連れしようと思っているのだが？」

「なんだか…すごいですね、陛下。政務でお忙しいのに、小説を書かれるなんて」

「万能なお方だからね」

男爵はラシェルに正装してくるようにと促した。

ラシェルは部屋に戻り、アンヌに丁寧な刺繍《ししゅう》を施してある藤色のスーツを出すように指示した。

「シャイエ男爵と出かけられるんですか？　お兄さまにお伺いを立てないと……」

「大丈夫、ただの観劇だよ」

ラシェルは白いフリルのシャツを着て、首にリボンタイを結んだ。

「ただね、そこでアルフォンス八世陛下と会うことになるんだ。今後のことを相談したらいいって、シャイエ男爵に言われたよ」

「陛下にご相談を？」

「僕が生きていることが分かれば、上級神官に破門を言い渡された上で火炙りにされてしまうよね。だから、僕はこの城に隠れていなければならない。この機会に、陛下に神殿と掛け合ってくださるようお願いしようと思うんだよ。昔そういう例があったって聞いたんだ」

「……そんなことが必要ですか？　ラシェル坊ちゃまはここで幸せにお暮らしになれるでしょうに」

アンヌは大真面目に言ってきたが、ラシェルは笑って取り合わなかった。

「隠れるばかりだったら、僕はいつまで経っても兄さまの仕事を手伝えないよ」

ラシェルがドレッサーに座って髪を梳《と》かし始めると、鏡ごしに彼女が言ってきた。

「ラシェル坊ちゃま。シャイエ男爵は油断ならない方ですから、全面的に信用してはいけません」

なにか知っているのかという問いかけに、アンヌは答えなかった。答えず、口の中で「白い悪魔と黒い悪魔」などと呟くばかり。

「アンヌ？」

「アンヌもご一緒出来ませんかね？　お芝居は大好きです」

「それなら、シャイエ男爵にお願いしてみるよ」

＊

男爵のユニコーンの二頭立ての馬車に乗り、王都までの道を急いだ。

どうにか開演に間に合い、王族用のバルコニー席でアルフォンス八世と顔を合わせた。

「よく来たな、ラシェル」

四十代になるやならずやの国王は、輝くばかりの美貌に笑みを浮かべた。

そして、値踏みするかのようにじろじろと……――本当に舐めるように、上から下までラシェルを眺め回した。

「ああ、いいね。ベアトリスによく似ている」

それに対し、シャイエ男爵が言った。

「王女よりも陛下に似ていると思いますよ、わたくしは。陛下がこの年齢のときはこんなふうでしたな」

「そうだったか？」

「そうでございますよ」

すぐに舞台が始まってしまったので、挨拶もそこそこに、ラシェルは国王と男爵に挟まれるようにして座った。

美しい俳優たちに美しい衣装、舞台装置は凝ったものだった。

しかし、内容は……――ロマンチックだと言う人がいるのかもしれないが、エロティックにすぎ、不謹慎極まりないものだった。

実の妹と知らずに恋をした兄の悲劇だったはずが、身を隠した妹の代わりを求め、妹に似た娘たちを十人も監禁するというサディスティックな展開となる。月夜となると、なぜ自分から去ったのだと狂おしい気持ちになって男は性交中に娘たちを一人、また一人と死なせていく。

最後に残った娘が自分と妹の間に生まれた子供だったと分かるものの、その子は「あなたは誰にも愛されない」という言葉を残して息絶える。

そして、狂った主人公の絶叫と共に幕が閉じる。

ラシェルは知らなかったが、観客は招待された貴族や富裕層で、彼らは原作者である王を称えないわけにはいかなかった。

幕が下りた途端に拍手が沸き上がり、俳優たちは何度もカーテンコールをした。

「どうだったかな？」

原作者その人に直接問われ、ラシェルは口籠もった。

「……人は孤独だというテーマでしょうか」

アルフォンス八世は声を立てて笑ったが、その青色の瞳が冷たく光っているのにラシェルは気づいた。

「残念ながら、このストーリーは全てが作り物というわけではない。余は実体験を混ぜて書いたのだ。さて、どこが事実だったか分かるかな？」

「わ…分かりません」

ラシェルは首を横に振ったが、もともと王は答えを期待していたわけではなかったようだ。

「さあ、王宮に戻ろう。お前の話を聞く前に、余からも話があるのだ」

すっくと立ち上がった国王はすらりと背が高く、人を惹きつけてやまない――いや、禍々《まがまが》しさを秘めた凄味《すごみ》のある美貌だった。

開かれた扉を先に立って出ようとしたとき、ふと彼は足を止めた。

「お前は……ああ、ベアトリスの乳母か。そうか、今はラシェルに仕えているのだな」

アンヌは深く頭を垂れ、顔を上げなかった。

「付き添うのは構わないが、お前はまた口の堅さを試されることになるだろうよ」

脅しともつかないことを囁いた上で、アルフォンス八世はホールの外へと出ていった。

アンヌはラシェルを見つめ、ラシェルもそれに気づいていたが、ラシェルは彼女に近づくことが出来なかった。

ラシェルはシャイエ男爵に肩を抱かれ、背を押されるようにして数歩先を歩かされていた。

同日同時刻、同じ劇場の下方の席にクラレンスはいた。


（どこがブラボーなのか、わたしにはさっぱり分からないな……分かる者がいるんだろうか。しかし、これを芸術と称して褒める者はいるんだろう）

お義理の拍手をしながら、醜悪な内容に苦笑するばかり。

内容も内容だが、高位の神官たちを招待しているのがまた悪趣味だ。観劇させられた神官たちは唖然とし、心なしか青ざめてすらいる。

それを面白がってはいけないのだろうが、クラレンスは振り返って見ずにはいられなかった。

「なあ、アラン。この劇をオルスが見にきていたとしたら、どんな感想を言うんだろうな」

傍らのアランを肘で小突いて囁いたクラレンスだったが、彼からの返事はなかった――皮肉と機知に飛んだ台詞を期待したのだが……。

「アラン？」

親友の目はクラレンスとは別の方に向けられていた。

視線を辿り、クラレンスも王が観覧していたはずのバルコニー席を見上げたが、すでにそこは空っぽだった。

「なんだ、もうご退席か。せっかちな方だな、陛下は。原作者としてはご満悦だったか？」

アランは視線をクラレンスに戻した。

軽口を叩くことなく、あそこにラシェルがいたかもしれないと告げた。

「わたしの兄と陛下の間に金髪の美少年がいたんだよ。ラシェルだったと思う」

「まさか！」

クラレンスは今一度振り返った後で、アランと顔を見合わせた。

一呼吸後、アランは少し苦しそうにクラレンスに言った。

「兄が…なにかを企んでいると考えたほうがいいかもしれない」

「こんな演劇をみなに見せようとするくらいだから、陛下は退屈されているんだよな」

アランは頷いた。

「残念ながら、我がアルヴァロン王国の王座に就いている方は高潔なお人柄ではない。今日の演劇はまず有り得ないほど最悪な内容だったが、仲良くなった王宮の侍女たちから現実にあったこととして聞いた覚えがあるんだ」

「……まさか、王宮で殺戮《さつりく》と近親相姦が？」

アランはそうだと深く頷いた。

「公表はされないが、毎年後宮で亡くなる愛妾や子供の数はもはや異常だ」

「陛下は少年も嗜《たしな》まれるんだったな？」

二人は再度顔を見合わせた。

「ラシェルが危ない！」

クラレンスは人々を掻き分け、一目散に出口を目指した。

＊＊＊

ラシェルは王宮の中に入ることを許され、さらに後宮と呼ばれる王の居住部に案内された——母親の実家に当たるところだが、ラシェルはこれまで一度も訪れたことはなかった。

顔色の悪い無口な王妃と十四歳にしては小柄すぎる世継ぎの王子を紹介され、同じテーブルで食事をすることになった。

血縁からすると、王子とラシェルは従兄弟《いとこ》同士だ。

アルフォンス八世と同席したシャイエ男爵だけが機嫌よく会話をし、よく食べた。

王妃たちはほとんどなにも話さない。

美味しそうに料理されたものが次々と出されたが、緊張と居心地の悪さからか、ラシェルには味が少しも分からなかった。

王妃と王子が退席した後、アルトワ伯爵領のワインを勧められた。

慣れた味のこれだけは美味しく飲むことが出来た。

「さあ、散歩がてら後宮を案内しよう」

アルフォンス八世に連れられ、豪華な絨毯が敷いてある長い廊下を歩いていく。

アルトワ伯爵城も古き良き時代の凝った建築だが、こちらはもっと歴史の長さを思わせる上に装飾過多だ。

柱や梁《はり》には当たり前のように細かい彫刻が施され、天井や壁にも壮麗な絵が描かれている。あちこちに飾られている壺《つぼ》や彫刻、絵画もそれぞれ名のある作家の作品だった。

そして、広い中庭に辿り着いた。

噴水が吹き上げる人工の池があり、月明かりに水飛沫がきらきらと輝いている。

「あそこだ」

アルフォンス八世が指さした窓には灯りはなかった。

窓の前には大きなオリーブの木が茂り、昼間であってもあの窓に太陽の光は届かないだろうと思われた。

「ラシェル、お前の母親のベアトリスに与えられていた部屋だよ。ベアトリスの母親には身分らしい身分がない上早くに死んだので、あの狭いスペースでひっそりと育てられたんだ」

背後に押し殺したような泣き声を聞き、ラシェルは別室で食事をしていたはずのアンヌが追いついてきたのを知った。

「後宮というのは王妃以下の女たちの嫉妬が渦巻くところだから、父王がベアトリスを見舞うのはいつも深夜だったよ」

そのとき、どこからか幼い少女が走ってきて、アルフォンス八世の長い足にしがみついた。

「お父しゃま！」

「お前は誰だ？　誰の娘だ？」

「わたしはリディアよ、忘れちゃった？　お母しゃまはウルリーケ」

「ウルリーケがなんだって？」

「お母しゃまがね、きれいなお客しゃまがどのくらいお泊まりになるか聞いておいでって」

「そういう質問は不快だな」

王はうんざりしたような顔をして、しっしっと犬猫を追いやるような手つきをした。

「リディア、お前はもうベッドに入る時間だ。行きなさい」

少女が母親の部屋に戻ってしまうと、アルフォンス八世はやれやれというジェスチャーをした。

シャイエ男爵がくっくと笑った。

「どうやらあなたは陛下の新しい愛人だと思われたらしいな、ラシェル。明日の朝は、口にするものに気をつけたほうがよろしかろう。女どもの嫉妬を甘く見ないことだよ」

「嘆かわしいことに、後宮での毒殺は日常茶飯事なのだ」

王も言う。

「なかなか証拠が摑めないので、余は取り締まることが出来ないでいるのだよ」

ぞっとするような話だったが、ラシェルは母親の部屋だったという窓に目を向けた。

ここで母が育ったかと思うと、やはり感慨深かった。

「お前の母、ベアトリスの話だったな」

アルフォンス八世は昔話を続けた。

「ある夜、余は父上の後をつけて、小さな妹の存在を知ったのだ。自分に似た面差しの妹は、殊の外可愛く思われた。花や菓子を贈り、だんだんに懐かせていったよ。余は自分が誰であるか彼女に明かさなかった。あの子の乳母にしても、世継ぎの王子がそこらへんをうろちょろしているとは思わなかったのだろう、余を他の王子の遊び相手に呼ばれた貴族の少年だと考えて、あまり丁重に扱ってはくれなかった。当時はそれが面白かったんだけどね……さて、それからどうなったと思う？」

途中から、ラシェルはこの話の行き着く先がなんとなく見えてきた。

（……ああ、母上）

王はもう一度「どうなったと思う？」とラシェルを促してきたが、口にしたくはなかった。

結局、アルフォンス八世は自分で答えた。ラシェルの答えなど期待していなかったのかもしれない。

「ベアトリスは兄である余を好きになってしまったのだよ。余が望んだように……そして、あの子が十六歳のとき、二人は初めて関係を持ったのさ。悪いことだと分かっているから、すごく興奮したね。そのうち、乳母に余が誰なのかバレてしまったけど、関係はずっと続いたよ。その結果、あの子は十八歳になるやならずやで妊娠したんだ。もう分かったね……そう、そのときの赤ん坊がお前だ。大きくなったね、ラシェル」

アンヌの啜《すす》り泣きを耳にしつつ、ラシェルは絶望の悲鳴をどうにか飲み込んだ。

「余がお前の本当の父親である」

罪悪感の欠片も滲んでいない告白だった。

「……ど…どうして、どうして産ませたんです？秘密裏に流すことだって出来たでしょうに……」

「それはダメだよ。医者なんて呼んだら、父上にバレてしまうかもしれないじゃないか。当時、父上は余を世継ぎにするのを考え直そうとしていらして、余は少しの瑕も見せるわけにはいかなかったのだ」

ラシェルは拳を握り締め、感情の高ぶりを面に出すのを抑えた。

「それで、母上をアルトワ伯爵に？」

「アルトワ伯爵を選んだのは、彼が年寄りだったからさ。ベアトリスが夫を好きになってしまったら、余に会おうとしなくなるかもしれないと考えてね……いや、まったく誤算だったな。余はあの子に会えなくなったし、王になってからも取り戻すことが出来なかったんだからね」

「……母上は父上を愛していました」

「後追いをするくらいだから、そうだったんだね。余を思い出すこともなかったかと思うと、悔しいし、悲しいよ」

悲しいと言いながらも、王はおかしそうに笑うのだった。

(こ…これが僕の父親だって？　我が国アルヴァロンの国王？　おかしいよ……人として、変だ。狂ってるような気がする)

ラシェルは非難の目を向けずにはいられなかった。

その目すら、アルフォンス八世は笑って受け止めるのだ。

「余は誰にも愛して貰えない男なのかもしれない」

「わたくしがいるじゃありませんか」

陰気な外見にそぐわない明るい声で言い、シャイエ男爵はアルフォンス八世の腕を取った。

「お前とはただの腐れ縁だ」

むっつりと、王はそれを振り払った。

シャイエ男爵は気にせず、相変わらず明るい声で胸が悪くなる話の続きを語った。

「ベアトリス王女が嫁いで、間もなく陛下は国王となられたのです。父王の監視がないから、もうやりたい放題でしたよね……一人また一人…と王女にそっくりな女性を後宮に集めて、合計で二十人くらいになったかな。彼女たちは嫉妬に狂い、陛下が他国へ親善に行っている間にお互いに毒を盛り合ってしまいました。で、一人残らず死んでしまった」

「生き残った者に美しい部屋を与えようと思っていたんだけど、見事に誰も残らなかったな」

「ねぇ？」

通じ合う二人の様子に、宮中に毒を持ち込んだのは彼らだったのだろうとラシェルは思った。

「その特別な部屋はこちらだよ、案内しよう。ベアトリスが戻ったときのために、彼女が好きなものだけを集めた部屋なんだ。おいでよ、ラシェル」

ラシェルは動きたくなかったが、シャイエ男爵に引きずられるようにして、東南に位置する部屋へと移動した。

血生臭いような話とは対象的に、白い壁に薔薇《ばら》の小花模様が散りばめられたそれは美しい部屋だった。

アルフォンス八世は手ずからオルゴールを回し、カウチにラシェルを座らせた。

「男爵、棚にイチゴ酒があったはずだ。ラシェルに飲ませてやりたい」

「畏まりました」

間もなく、シャイエ男爵が小さな盆に小さなグラスを三つ載せて戻ってきた。

少女の遊び道具のような食器だが、切り子の美しいグラスである。そこにきれいなルビー色の酒が注がれた。

「ベアトリスはイチゴが好きでね……初めて口にしたアルコールはこれだったよ」

乾杯して、グラスに口をつけた。

母親が好きだった酒という前口上が、ラシェルの判断を甘くしてしまった。

「ラ…ラシェルさま、いけませんっ」

アンヌが叫んだときはもう遅く、ラシェルは小さなグラスのイチゴ酒を飲み干していた。

ごくりと飲み込んだとき、ちらと毒を入れられたかもしれないと頭の隅で思った。

アンヌの叫びでそれを確信したが、少ししても喉を焼くような苦しみには見舞われなかった。いや、そういう苦しみならばよかったかもしれない。

(酔ったかな……?)

考えがまとまらなくなり、手足に指令が送れなくなった——急に。

そして、身体が熱くなってきた。熱くて堪らない。

(こ…この熱は、もしや…——いや、まさか)

ラシェルが襟元を緩めようと悪戦苦闘し始めたのに、手を貸してくれたのは男爵だった。

男爵はラシェルのシャツの前をあられもなく開き、ふうっと息を吹きかけた。

「あ、あうっ」

感じて、ラシェルは腰を跳ね上げてしまった。

「感度良好ですな」

「まぁね、あの赤毛の若者が仕込んだと思うと妬《や》けるがね」

男たちがいやらしく笑い、ラシェルに手を伸ばしてきた。

「い…いや、いやです。やめて……!」

ラシェルは必死に逃げようとするが、カウチに縫い止められたように動けない。

汗だけがだらだら流れる。

(これ、シャーディが使った媚薬より、ずっと強力かもしれない)

動けないだけでなく、少しでも触られたところが敏感に反応してしまう。

もうどこもかしこも性感帯だ。

身体が蕩けてくると、頭までが蕩けてくるのだろうか、まともな考えがなくなるのがなによりも怖い。

男は二人で、手が四本……しかし、それ以上の手が伸びてくるように感じるのだ。

「おやめくださいっ」

アンヌが叫んでいる。

「ラシェル坊ちゃまは、あなた様の息子ですよ。まともな人間のすることではありません」

「余がまともな人間だとでも？」

王が挑発的に言っている。

「余は実の妹を誘惑し、犯したような卑劣な男だよ。孕《はら》ませた上で他家に嫁にやり、子を産ませた。その子にずっと興味はなかったのに、余にそっくりだと知ったら会いたくなった。そう、余は自分で自分を犯したいのかもしれないな」

「やめて…やめてください！　後生ですから」

アンヌの悲痛な声が響く。

「男爵、この老婆を椅子《いす》に縛りつけてくれるか。いや、追い出さなくていい。観客がいるほうが楽しいものだ」

しゅっとベルトが抜き取られた。

ラシェルはきつく足を閉じたつもりだが、下着ごとズボンが下ろされた。

「ほう、これは……美しいと言うべきかな」

半勃起したものを摑み出され、ラシェルは啜り泣いた。

「さ…触らないでっ。いや…いやだ！」

「男同士は初めてじゃないんだろ？」

無慈悲に王は言った。

「兄だと思って育った者に抱かれたんだ、父上と呼んだこともない父に抱かれても、別にどうということはあるまい」

強弱をつけて握ってくる……おぞましい感触に、もはや気が狂いそうだ。

「可愛がってやろう、十八年分だ。実の父に愛される背徳に酔え」

「い…いや」

ラシェルは足をばたつかせ、思いっきり叫んだ。

「た、助けて。兄さまーっ！」

ブォン！

いきなり、庭に面した大きな窓が窓枠ごと吹き飛んだ。

間髪容れず、そこに巨大な爬虫類《はちゅうるい》らしき顔が突っ込んできた――緑色のドラゴン、フェイだ。

「お、おお」

ラシェルを押さえながらも、アルフォンス八世は唸った。

ドラゴンは口を開き、鋭い歯を剥き出して咆吼した。

身の毛がよだつとはこのことだ。

味方だと分かっているラシェルでさえ、全身の毛穴が開くほどの戦慄を覚えた。

顕著に怯えを見せたのは男爵だった。彼は部屋の壁に貼り付いて、恐怖に目を見開いていた。

それに較べると、さすがと言おうか、王は落ち着いたものだった。

ドラゴンの顔の横から姿を現したクラレンスに、自分から声をかけた。

「またタイミングよく現れたものだな、若きアルトワ伯爵よ」

「タイミング？」

クラレンスは肩を竦めた。

「本当にタイミングがいいなら、ラシェルがまだ服を着ている間に踏み込めていたはず……弟から離れてくれませんかね、陛下」

王がカウチから立ち上がると、クラレンスはラシェルを抱き起こした。

ラシェルはクラレンスに抱きつき、自分から口づけした。

「なんだ、ラシェル。熱烈歓迎だな」

「か…身体がおかしい、んです。なにか…変な薬が飲み物に入っていたのかも……シャーディのときともまた違う」

「まあ、後で存分に可愛がってやるとして…——」

クラレンスはラシェルの裸身に脱いだ上着をかけてやり、アルフォンス八世と目を合わせた。

薄ら笑いを浮かべている王から目を逸らさないままで、親友を呼ばわる。

「アラン！　いいぞ、来てくれ」

アランは本来の入り口から入ってきた。

壁に貼り付いている兄の男爵を素通りし、ラシェルが座っているカウチの前に跪いた。

「ラシェル……ああ、可哀想に」

優しいアランの両の目から涙が零れ落ちた。

ラシェルをアランに任せてしまうと、クラレンスは心置きなくアルフォンス八世と対峙することが出来た。

「さて、陛下。決闘でもしましょうか。あなたとは雌雄を決する必要があるようだ」

クラレンスは提案する。

「ドラゴン使いとして、空で戦いましょう。建物や人を巻き込まない昔ながらの方法だ」

「……出来ない」

王の薄笑いに変化があった——彼らしくない少し卑屈な、自嘲ぎみの笑みに成り代わった。

彼は告白した。

「余はドラゴンを扱えないのだ。あの者たちを御する呪文を知らないんでね……」

「では、あなたは正式な王ではないということになりますな。我が国における王とはドラゴンを操る者のことだ」

クラレンスはそう決めつけた上で、誇らかに宣言した。

「その点だけで言ったら、このわたしが王を名乗ってもいいかもしれない」

アルフォンス八世は反論した。

「今の時代、ドラゴンは必要べからざるものではない。戦争を回避し、敵国を蹴散らす方法などいくらでもあるからな」

「あなたの執政者としての能力は認めますよ。しかし、人格や趣味は最悪だ」

「余もそう思うよ」

相変わらず笑いながら、王はそこは同意した。

「だから、父君は王座を譲ることを躊躇ったのだろうね……まぁ、死んでいただいたけど。毒が効きすぎ、最後にドラゴンを呼ぶ呪文を言わせることが出来なかったのが失敗だった」

「……………」

「驚いたかい？」

いや、とクラレンスは首を横に振った。

「その当時わたしは子供だったが、そういうウワサはわたしが大人になるまでずっと消えなかった。確信に変わったのは、ごく最近ですが……我が父があなたから贈られたワインを飲んで亡くなったからですよ。遅効性の毒とはあなたらしくもない細工でしたね。アランが成分を調べてくれて、最近になってやっと分かったことですが」

まだ椅子に縛られたままのアンヌが呟くように言った。

「調べるまでもなく、ベアトリスさまは知っていたのです。愛する旦那さまを殺したのは兄上さまだってことを。だから、責任をお感じになって、ご自分からお命を……――」

「責任？　愚かなことだな」

王が軽く言ったのに、アンヌは悲しげに首を横に振った。

この男にはなにを言っても無駄だ。

その老いた頬に止めどなく涙が流れていく——彼女の長い人生には後悔がたくさんあった。知らなかったとはいえ、王女が美しい兄に恋をするのを止められなかったのだ。

「なぜ父を？」

クラレンスは聞いた。

それは素朴な疑問だった。

王から贈られたワインに毒が含まれていたのは事実だが、殺害の動機が今一つ見えなかったのだ。

殺人鬼に、なぜと問うのは愚かだろうか。

「父はもう初老にさしかかり、領地にいることが多かった。あなたのやることなすことに口を出すような立場にはなかったと思いますが？」

「ドラゴンさ」

王はあっさり答えた。

「息子のドラゴンを寄越せと言ってやったのに、はぐらかし続けられたからな。それに、ベアトリスを少しも里帰りさせない。ベアトリスと余の関係だって知っていただろう。ずっと邪魔だと思っていたのだよ」

「自分の子供を育てさせたのに？」

「ああ、美しく育っていて驚いたよ。そこは感謝しなければならないところだね……」

言い合いに焦れたのか、フェイが対峙している二人に鼻息を吹きかけてきた。

アルフォンス八世の王者のマントが靡《なび》き、クラレンスの燃えるような赤毛が逆立った。

「さて、お前は余をどうするつもりだ？」

「裁判の上、退位していただく」

クラレンスはきっぱりと言った――証拠はもう充分に集まっている。

罪状は、前王殺害と先のアルトワ伯爵殺害、そして国益の占有だ。

「なるほど、もうすぐここに憲兵隊が踏み込む手筈《てはず》になっているのかな」

「いや、まだ誰も来ませんよ。ラシェルの生存が公になってはわたしが困るものでね」

実のところ、クラレンスたちがこの場に踏み込むのが遅れたのは、憲兵隊や王宮の警備を平生の状態に留めておくためだった。

「先を考えられる者にしか未来はない。お前は上手く立ち回っているよ、若きアルトワ伯爵」

アルフォンス八世はうんうんと頷いた。

「そうか、ついにこの国から王が消えるのか……それもいいかもしれない。人民に政治を任せることになるだろうが、準備期間がなかったのが悔やまれるがね」

「王位は世継ぎの王子でいいと思いますよ。エドアルド三世陛下になりますね」

「ドラゴンは？」

「近い将来、このラシェルが魔女の古書を解読するでしょう。たぶんそこから呪文が見つかるんじゃないかな。見つからなければ、外交に尽力していただくまでですよ」

はっはっはっ……と、アルフォンス八世は高笑いした。

「見事だ！　さあ、余を縛るがいい。余にマゾヒズムの癖はないから、最後の最後まで楽しむというわけにはいかないかもしれないが、死刑になるだけのことはしたと思っているよ」

「両手をお出しください」

「ああ、それにしても残念だ……もう少し時間があったなら、この世で最も罪深いことが出来たのに。自分にそっくりな息子を犯すなんて、どんな快楽だったのだろうね」

「お黙りください」

王の手首を縛るために、クラレンスは自分のネクタイを抜いた。

そのときだった。

「……嫌だ、嫌だ！」

目を血走らせ、シャイエ男爵が喚き出した。

「わたくしは惨めなあなたさまを見たくない。あなたさまはわたくしのたった一人の王なのだっ」

アルフォンス八世は振り向き、幼馴染みにして共犯者だったお気に入りの臣下に笑みを与えた。

「ピエール、もういいのだ。お前は最高の相棒で、お前のお陰で余は充分に楽しめた。礼を言う」

「い、嫌だーっ」

大きく叫んで、シャイエ男爵は内ポケットから取り出したピストルの引き金を引いた。

一発目、二発目は定まらずに壁を弾き、やむを得ずクラレンスたちは身を伏せたが、三発目は見事に王の額を打ち抜いた。

どさりとアルフォンス八世が倒れた。

クラレンスとアランが男爵を取り押さえるべく駆け寄ったとき、男爵は床に頽れていた。

唇から血を一筋垂らし、もう虫の息だった——毒を飲んだのである。

どうやら即効性の毒を。

「兄上、それがあなたの責任の取り方ですか？」

アランの問いに頷くや、彼は目をカッと見開いた。

それで終わりだった。

内輪揉めの末にアルフォンス八世を側近であるシャイエ男爵が殺してしまい、彼は自殺…という体《てい》で現場を取り繕うと、クラレンスはラシェルとアンヌ、それからアランをフェイの背に乗せた。

クラレンスとアランの間では、アルフォンス八世とシャイエ男爵の所行の全ては明るみにすまいという結論に達していた――後を継ぐことになる彼らの子らに、陰を持たせることはない。

少々現場は荒いものの、どうせ監察医として呼ばれるのは王宮付きの医者であるアランである。

アランは街外れで降りた。

彼に鎮静剤を打たれたラシェルは眠り、アンヌはその側でずっと啜り泣いていた。

しかし、その涙は安堵《あんど》ゆえのもの。全てが明るみになって、やっと解放されたという一種の達成感のせいだった。

王都から遠ざかるにつれ、夜空の星々の輝きが増していく……。

(やはりこの世は美しいな)

クラレンスが一人しみじみとしていると、その頭に直接フェイが文句を言ってきた。

『オレは戦う気満々だったのに、結局は馬の代わりかよ？』

クラレンスはおいおいといなした。

『わたしだって戦う気だったさ。アルフォンス八世がドラゴンを持っていないという確信はなかったからな。ただ、以前シャーディのところに呪文を確認するような親書があったと聞いていたから、もしかすると…と思っていたんだ。お前、そんなに血みどろの戦いがしたかったのかい？』

『たまには血が騒ぐさ』

『そうだな、本当に時代が変わってしまったからな。お前は戦わなくなったし、わたしは今や伯爵というよりは貿易商だ。ワインと毛皮と肉を外国に広く売りつける』

彼らは笑い合った。

笑い収めたとき、ぽつんとクラレンスが口にした。

「……幸せになりたいな」

『お前がなりたいならなれるさ。オレから見ると、男同士は不毛だけどな』

「愛しているんだよ、ラシェルを。なにも生まない関係でも構わないんだ」

クラレンスは振り返り、毛布代わりのカーテンにくるんだ愛しい塊を目にした――もう誰にも指一本触れさせはしない。

『望めば、お前は王にもなれたぞ』

「国王なんて不自由すぎる地位、わたしが望むと思うかい？」

『……まあ、お前は望まないな』

「ただラシェルが側にいればいい。それしかわたしは望まないよ」

しばらくして、アルトワ伯爵の城が見えてきた。

クラレンスの故郷、そして守るべきもの。

湖のほとりに建つ城は王宮ほど広くないものの、アルヴァロン王国随一の美しさを誇る。

（近いうちに東の塔を直さないと、さすがにみっともない）

しかし、神官の一撃で半壊した塔の部屋は、ラシェルとの初夜の場所でもある――寝具こそ取り払ったが、あの寝台はまだその場にあった。

（領地を眺め、ときどきは星を見上げるための部屋にしよう。大きな望遠鏡を取りつけるのもいい）

果てしなく続く葡萄畑を見下ろし、ときには新しい星を探して夜通し起きていよう。

そして、二人っきりで乾杯するのだ。

芳醇《ほうじゅん》なワインが喉を潤し、心地良い酩酊《めいてい》に誘って くれるに違いなかった。

＊＊＊＊＊

傍らに眠るクラレンスが身動《みじろ》ぎするのに、ラシェルは目を覚ました。

カーテンの隙間から漏れてくる光の弱さからして、まだかなり時間は早いらしい。

ぬくぬくした布団から顔だけ出し、王都の屋敷のカーテンの柄を見るともなく見ていた――目の詰まった織りの高価な品だが、少し野暮ったいかな、と思う。

寝室のカーテンは寒色系のほうがいい。

二度寝出来ずに、もう起きてしまおうとしたラシェルだったが、冷たい空気に首を竦め、再び温かい掛け布団の中に滑り込んだ。

「なんだ、もう朝か？」

目を瞑ったままで、クラレンスがラシェルに腕を回してくる。

「まだだいぶ早いですよ」

「そうか、早いか」

言葉をなぞったクラレンスがくすっと笑ったかと思ったら、彼はやすやすとラシェルの上に乗り上がってきた。

ラシェルの顔を両手で包み、逃げられないように――逃げることなど滅多にないのだが、固定して、ゆっくりと口づけしてきた。

「おはよう、よく眠れたかい？」

「兄さまは？」

「ベッドの中で『兄さま』はどうだろう？」

眉間に皺が寄ったのを見て、ラシェルはくっくと笑い出した。

「兄さまは兄さまですよ」

「まあ、いい。そこは追及しないでおこう」

口づけをした後、いつもの流れでクラレンスが耳たぶや首筋にキスをし、掌でそこかしこを探ってくる。

くすぐったいが、もちろんそればかりではない。触れられると喜ぶように皮膚《ひふ》が騒ぎ出してしまうのをもうラシェルは容認し、許している。

ふと手を止めて、クラレンスは再びラシェルの顔を覗き込んできた。

「やっぱり、その髪は切りすぎだと思う」

「気に入りませんか？」

心配そうにラシェルが聞くと、クラレンスはすぐに否定した。

「くるくるって小さな子みたいで可愛らしくはある。そうだな、まだ慣れないだけだ」

人前では鬘《かつら》を被ることにしたため、鬘の座りがいいようにと髪を短く切ったのである。

尖った鼻先と鼻先を擦りつけ、クラレンスはまた口づけから始めた。

ベルナールが起こしにくるまでに済ませなければ……と思うが、じっくり楽しみたい気持ちもある。

膨らみのない胸をしゃぶられながら、ラシェルは足を開く。

そこをクラレンスが握り締めたとき、ほっと息を吐いた。

「どういうふうにされたい？」

クラレンスがわざと聞いてくる。

「兄さまが少年のときに、こっそり自分でしていたみたいに……」

「それだと、ただの上下運動になるよ」

「それでいい。単純なほうが気持ちいいから」

もちろん、クラレンスはただの上下運動にはしない。強弱をつけて握り込み、先端に親指をかけて刺激する。

「……あ、あぁ…ん」

「気持ちいいかい？」

「あ、あぁ…」

「わたしのも触ってくれ」

ラシェルは手を伸ばし、クラレンスのそれに同じ動きを加える。

クラレンスが唸るように言う――堪らないな、と。

兄の先端が濡れてきたのを指で知ると、ラシェルは腰の奥に甘い疼《うず》きを覚えた。

「兄さま…あぁ、もうっ」

「そうだな、ラシェルの中に入りたい……いや、今はダメか。午前中に式典があるから、呑気《のんき》に絡み合ってはいられないな」

クラレンスが名残惜しそうに手を引っ込めたのに、ラシェルは切ない声を出した。

「兄さま、お願いです。もう少しだけ……準備ならすぐに出来るから」

「お前はドレスアップするつもりなんだろう？　髪を整え、化粧をしなければならないとしたら、かなり時間がかかるよ」

「大丈夫、アンヌが手伝ってくれます。それに、あれを着るなら、腰つきが甘いほうがいいと思う……」

「なるほどな」

クラレンスは笑った。

「ラシェルのくせに言ってくれるわ。それなら、徹底的にやるだけさ」

彼はラシェルを俯せにし、背中に口づけした――ここにあった翼をどこに置き忘れて生まれてきたのか、と。

そんなことを臆面もなく問う兄に、ラシェルは苦笑いする。

(そんなイメージ、兄さまだけだ……僕はもう無垢《むく》じゃない。当たり前の人間だよ？)

当たり前の人間だから、身体で愛し合うことが出来るのだ。

後ろの窄まった場所を丁寧に指で濡らしてから、クラレンスはゆっくり押し入ってきた。

「あ……――」

ラシェルは背中を撓ませた。

(好き…ああ、好き)

兄が。

兄とこうして繋がっているのが。


クラレンスはラシェルの上で自由自在に腰を使い、快感を貪る。

「ラシェル……ああ、ラシェル」

クラレンスが自分を呼ばわる声も、息づかいも好ましい。

(どうせ…ね)

自分を卑下するつもりもなく、ラシェルは思う。

(僕は神の祝福を受けて生まれてきたわけじゃない。だから、この世にいる間はせいぜい自分で自分を祝福し続けるよ)

快感は湧き出るように全身に広がり、余すところなく行き渡った。

そして、速やかにその瞬間が訪れた。

「……！」

脇腹を震わせながら、ラシェルはクラレンスの手の中に吐精した。

少し遅れて、クラレンスがラシェルの奥へと放ったのを感じた。

まだ息を切らせながら、クラレンスがラシェルの肩胛骨《けんこうこつ》に唇を落とす。

「……幸せかな？」

ラシェルは振り返り、お返しの微笑みを向けた。

「どんどん美しくなるな、お前は。まだ足りない。もっと抱きたい」

「式典に出なければ」

「そうなんだよ。……なあ、式典をサボってしまったらどうだろう」

「そんなわけにはいきませんよ。兄さまは新王の外交における相談役に任ぜられることになっているんじゃありませんか」

「引き受けなければよかったよ」

ラシェルが少し前方にずり上がると、弛緩《しかん》したクラレンスがほろりと出てきた。

寂しいような気がして、ラシェルはクラレンスに腕を広げた。

「……もう少しだけ、こうしていましょうよ。二十を数えるくらいならいいでしょう？」

呼吸が整うまで、二人は上と下で肌を合わせる至福に浸っていた。

やがて、躊躇いがちのノックがあった。

「お時間でございます」

ベルナールだ——実に有能な執事らしいタイミングだった。

数時間後……——。

アルトワ伯爵の王都の屋敷から豪奢な二頭立ての馬車が出発した。

新王の戴冠式に出るために王宮へと向かう。

王宮に到着すると、まずクラレンスが降りた。そして、手を貸して連れを降ろす。

「まあ、アルトワ伯…と、どなたかしら？　お美しい方！」

「すてきだわ……あのドレス、どちらで求められたのかしらね。アルヴァロンの柄ではないわね」

「でも、同じ布を求めたにしても、背が高くないと似合わないデザインよ」

あらかじめクラレンスから情報を与えられていた貴族の男が、鼻高々で吹聴する。

「東にあるエルディア国の貴族の娘だと聞いたよ。アルトワ伯が一目惚《ほ》れしてお連れになったそうだが、まだ結婚の承諾はして貰えないらしい。今日の戴冠式の連れにすることで、その気になってくれれば…って言ってらしたっけ」

艶やかな黒髪を結い上げ、美しい白いうなじを晒《さら》しているのに、美女は広げた扇で顔半分を隠している。

「少し赤面なさってるわ、内気な方！」

「まだお若いようね」

腰にクラレンスが手を回すのに、引き寄せられた彼女は少し不慣れな様子を見せた。

「あら、伯爵のほうが夢中みたいよ」

「羨ましいわ」

多くの人に道を譲られ、眺められながら、二人は式典の会場へと入っていく。

不意にクラレンスが笑い出した。

髪型や服装が変わっても、この淡い青色の瞳は変わらないのに、どうして誰も気づかないのだろう、と。

「兄さま、なにを笑ってるんです？」

扇ごし、ラシェルが一方の眉を吊り上げて囁いた。

「兄さまって呼ぶなよ」

「兄さまは兄さまでしょ」

そうだな、とクラレンスは思うのだった。

(なにも…なにも変わらない)

変わったのは、一緒のベッドで寝るようになったことだけ——それをきっとこの国の神とやらは許さないだろうが。

「愛しているよ、ラシェル」

クラレンスは言った。

「こんなところで言います?」

「どんなところでも言いたいときには言う。今はドレスを着ているお前に言っておきたいんだ。どんな格好をしても、ラシェルはラシェルだからね」

「僕も…愛していますよ」

ラシェルはそう返しながら、参列する神官の中にボーヌ神官の姿を見つけた。


袖のラインが一本増えていた。まだ若いのに、彼は中級神官に出世したらしい。

ボーヌ神官はラシェルの視線に気づいた。

驚きに目を丸くした後、一転して慈愛の眼差しになり、さりげなく一度だけ頷いた。

これを見て取り、クラレンスが満足そうに言った。

「オルスは気づいたようだな」

気づいて、そして許してくれた。

かつての同級生と教え子の幸せを祈ってくれるだろう、生きている限り。

感謝に胸を熱くしながら、ラシェルは言った。

「ボーヌ神官はきっと神さまよりも寛大ですよ」

あとがき

自分の出生に嫌悪感を持って聖職者になろうとする弟を引き止めようと、兄が半ば無理矢理に…というもんを描きたいと、担当Mさんに熱く語ったのは半年以上前だったな。幻冬舎《げんとうしゃ》コミックスさんでは初めましての水無月《みなづき》さららです。

楽しんでいただけましたでしょうか。

今このお話を組み立てるために書いたメモを見ているんだけど、いやぁいろいろとすごいわ。『エレガントなファンタジー、あるいはゴシックロマンス。パセティックな兄とピュアな弟のエターナル・シンフォニー』なーんて書き殴ってある……い、痛いぜ(笑)。意気込みは伝わるけど、意味分かんないしー。このとき、大袈裟なカタカナ言葉に酔っていたんですかね、わたくし……？　ま、ま、ま、もうこいつは処分していい。封印しましょ。

とにかく、十日オーバーでなんとかまとめました。二段組の新書は書き応えがありましたよ。あれもこれも詰め込めて、楽しかったです。満足です。お気に入りのヘビメタのCDジャケットがそのまんま世界観になりました(笑)。天翔《かけ》るペガサス、カモーン！

無我夢中で書いてたら、気づいたときには肘《ひじ》が死んでたよ。テニスしてないのに、テニス肘の診断(汗)。痛み止めの注射を打ち、鍼《はり》を打って、ホットヨガにでも通うべか。

あとがき

さて、わたしのBL人生において、兄弟と女装はどうしても定期的に書かずにいられない設定です。最大の萌《も》えなんですよ。執筆中はそれを再確認した日々でもありましたね。要するに、背徳感とジェンダーのぐらつきが堪《たま》らんのよね。

女装（男装）が好きだから、当然のように、歌舞伎《かぶき》とかヅカなどの舞台、V系バンドに惹《ひ》かれがち。兄弟の歌舞伎役者さんが恋人同士を演じたりすると「おお」と思うし、彼らの演技に照れ臭さをどうにかして見透《みす》かそうとしますよ。それから、兄がバンドを組もうとなったときにメンバーが集まらず、弟に「お前ベース弾け」とか強制したってエピソードなんかは大好物。いつかバンドが解散しても兄弟は解散しないのだよ、ふっふっふ。

わたしが最初にBLの匂《にお》いを嗅《か》いだのは『キャプ●ン・ハー◇ック』だったと思うんだけど、不穏な胸の鼓動《こどう》に戸惑ったのは『六神●体ゴッ○マーズ』だったなあ。たぶん、主人公が敵味方に別れた兄弟だったからでしょう。そして、凄《すさ》まじく萌えたのは『犬□叉』の長男だ。今でも彼はわたしの中ではキング・オブ・受《うけ》サマ。お、『NAR●TO』の抜忍にーちゃんも忘れちゃいかんね。彼ら二人はわたし的には総受なのよ(大笑)。誰よりも弟を愛すがゆえに、弟を守るために有象無象にその身体をアアーッ…という爆走妄想ストーリーを作ってしまうくらいに(汗)。

ネタに困ったときは、殺◇丸サマを思い出すことにしています。美しい姿にふわふわのお衣装、めちゃくちゃ強いのに満たされない心……全てが萌えですことよ。まだ読んだことがない方、お薦《すす》めです。面白いものに古いとかないと思う！

そーんな痛々しいわたくしがお送りします兄弟もの、兄弟大好き党の方々に萌えていただければなあと思っています。そうじゃない方も入党したい気になってくれれば…と。

はてさて、この度もサマミヤアカザ先生には美しいイラストありがとうございました。キャラや景色をいろいろと言葉で描写し倒しますけれど、これらがイメージとして頭にくっきり浮かんでいるわけではないから、こうして素晴らしい絵にしていただいて、ああ、こんな感じだったんだわぁ…と感激するわたくしでございます。特に、最初のラフのペガサスにはびっくりしました。お前、なんで馬なの？　ってくらいに色っぽかったの（笑）。

担当Mサマ、関係各部署の皆様、家族に友人たち……みなさまのご理解とご協力に感謝致します。お陰さまで、またまた素敵な本が出せました!!

そして、最後になりましたが、これをお手に取って下さった方々に愛を。お話世界に飛んで、あなたもドラゴン使いになっちゃいましょ。ペガサス使いもいいよ。

水無月さらら、今後ともどうぞよろしくお願いします。

はつ恋ほたる《はつこいほたる》

宮本れん

イラスト：**千川夏味**

本体価格870円+税

伝統ある茶道の家元・叶家には、分家から嫁を娶るというしきたりがあった。男子しかいない分家の六条家には無関係だと思っていたもののある日本家の次男・悠介から、ひとり息子のほたるを許嫁にもらいたいとの申し出が舞い込んでくる。幼いころ周りの大人に身分違いだと叱られるのも気にせず、なにかと面倒を見てくれた悠介は、ほたるの初恋の人だった。しきたりを守るための形式上だけと知りながらも、悠介にまるで本物の許嫁のように扱われることに戸惑いを隠せないほたるは…。

リンクスロマンス大好評発売中

蒼銀の黒竜妃《そうぎんのこくりゅうひ》

朝霞月子

イラスト：**ひたき**

本体価格870円+税

世に名立たるシルヴェストロ国騎士団――そのくせ者揃いな団員たちを束ねる、強さと美貌を兼ね備えた副団長・ノーラヒルデには、傲慢ながら強大な力を持つ魔獣王・黒竜クラヴィスという相棒がいた。竜でありながら人の姿にもなれるクラヴィスと、人間であるノーラヒルデ、種族を越えた二人の間には、確かな言葉こそないものの、互いを唯一大切な存在だと思い合う強い絆があった。そんななか、かつてシルヴェストロ国と因縁のあったベゼラ国にきな臭い動きが察知され、騎士団はにわかに騒がしくなりはじめる。ノーラヒルデは事の真相を探りはじめるが…。

第八王子と約束の恋

だいはちおうじとやくそくのこい

朝霞月子

イラスト：壱也

本体価格870円+税

可憐な容姿に、優しく誠実な人柄で、民からも慕われている二十四歳のエフセリア国第八王子・フランセスカは、なぜか相手側の都合で結婚話が破談になること、早九回。愛されるため、良い妃になるため、嫁ぐ度いつも健気に努力してきたフランは、「出戻り王子」と呼ばれ、一向にその想いが報われないことに、ひどく心を痛めていた。そんな中、新たに婚儀の申し入れを受けたフランは、カルツェ国の若き王・ルネの元に嫁ぐことになる。寡黙ながら誠実なルネから、真摯な好意を寄せられ、今度こそ幸せな結婚生活を送れるのではと、期待を抱くフランだったが——？

リンクスロマンス大好評発売中

鳥籠

とりかご

和泉 桂

イラスト：雪路凹子

本体価格870円+税

帝都の製紙会社に勤める福岡凌平は、工場建設の調査のため、信州の片田舎の村で二ヶ月ほど暮らすことになった。村長の屋敷に滞在して仕事に打ち込んでいた凌平は、ある日、蔵の一つに佳人が囲われていることを知る。興味を抑えきれずにその蔵へ忍び込んだ凌平は、そのあまりの美貌と艶やかさ、そして彼が青年だったことに驚愕する。盈と名乗る彼の誘惑に抗えず、凌平はその美しい身体を抱いてしまう。その後も何度も交わり、すっかり盈に魅了されてしまった凌平は、意を決して彼を東京に連れ帰ることにするが…。

溺愛君主と身代わり皇子2

できあいくんしゅとみがわりおうじ2

茜花らら

イラスト：古澤エノ

本体価格870円+税

高校生で可愛らしい容貌の天海七星は、突然アルクトス公国という国へトリップしてしまう。そこは、トカゲのような見た目の人や猫のような耳しっぽがある人、モフモフした毛並みを持つ犬のような人などが、普通の人間と共存している世界だった。当初七星は、ラナイズ王子の行方不明になっていた弟・ルルスと間違えられ王子に溺愛されるが、紆余曲折ありながらも結ばれることとなった。婚儀の日が迫るなか、魔法の勉強をしたり、反逆の罪で囚われたルルスの心の殻を取り除こうとする七星だったが、突然ラナイズの不在中に宮殿が何者かから襲撃をうけ…。

リンクスロマンス大好評発売中

蝕みの月～深淵～

むしばみのつき～しんえん～

高原いちか

イラスト：小山田あみ

本体価格870円+税

画廊を営む汐月家の三兄弟――京・三輪・梓馬。三人の関係は、次男の三輪を義弟の梓馬が抱いたことで変わりはじめた。弟たちの関係を知った兄の京までもが、三輪の身体を求めてきたのだ。赦されない禁忌を犯していると知りつつも、昏い願望に抗えず閉ざされた世界で歪んだ愛を育むことを選んだ三人。だが背徳の悦びを浴びた蜜月も束の間、三輪が事故に遭い記憶を失ってしまい…？　三人の兄弟が織りなす背徳のエロス！

猫又の恩返し《ねこまたのおんがえし》

妃川 螢
イラスト：北沢きょう

本体価格870円+税

自分を飼ってくれていたおじいさんの傍に、ずっといたいと思っていた猫の雪乃丞。しかし、ある日おじいさんが倒れてしまい、どうにか助けを呼ぼうと飛び出た雪乃丞は車に轢かれてしまう。その車に乗っていたのは、動物の言葉が分かる動物のお医者さんで、おじいさんは彼のおかげで助かり、それから12年の月日が流れ雪乃丞は、最期を看取ることができた。おじいさんを看取るため、猫としての生と引き替えに猫又になっていた雪乃丞はかつて助けてくれたお医者さんの元へ恩返しへ行くことに。人間の姿となって医者の彼、爵也のところへと辿り着いた雪乃丞だったが…。

リンクスロマンス大好評発売中

晴れの日は神父と朝食を《はれのひはしんぷとちょうしょくを》

水壬楓子
イラスト：山岸ほくと

本体価格870円+税

ドイツ生まれの椰島可以に引き取られて日本で暮らしていたディディエ。家でも大学でも可以にこき使われ、大学の同級生には同情されていたがディディエだが、可以のことが大好きで、二人の生活には満足していた。しかし、そんな二人にはある秘密があった。実は吸血鬼であるディディエは週に一度、可以に血を飲ませてもらうかわりにセックスをしていたのだ。そんなある日、ディディエは大学内で突然、「吸血鬼だよね？」と同級生に話しかけられ…!?

婚活社長にお嫁入り

こんかつしゃちょうにおよめいり

名倉和希

イラスト：兼守美行

本体価格870円+税

何となく将来を決めかねていた、平凡で子供好きな大学生・三澤永輝は、姉がバツイチ子持ちの会社社長と政略的な見合いをさせられると知る。そんな縁談は許せないと勇んで見合いの席に乗り込んだ永輝だったが、そこにいたのは、永輝好みの、眼鏡が似合う理知的で精悍な男性だった。三十五歳の若さで大手宝飾品会社の社長を務める佐々城博憲は、五歳になる息子・隼人のために、再婚相手を探しているという。そんな中、滅多に他人に心を開かないという隼人と仲良くなったことから、佐々城家で子守りと家事手伝いのバイトを請け負うことになった永輝だったが…？

リンクスロマンス大好評発売中

代理屋 望月流の告白

だいりや もちづきりゅうのこくはく

逢野 冬

イラスト：麻生 海

本体価格870円+税

歌舞伎町で代理屋を生業にする望月流は、麻薬がらみの事件に巻き込まれ、命の危険が迫る中、警視庁捜査一課の神田氷月に保護される。さらに、マトリから麻薬横流しの嫌疑をかけられた流は、その疑いを晴らすため、神田と行動を共にし、捜査協力することに。しかし、自分を捨て駒のように扱う神田の態度に、流は不信感を募らせていく。それでも、事件を通してどうにか信頼関係を築こうとする二人だが、実は流には誰にも告げていない、ある重大な『秘密』があり…？

不条理にあまく《ふじょうりにあまく》

きたざわ尋子
イラスト：千川夏味

本体価格870円+税

小柄でかわいい容姿の蒼葉には、一見無愛想だが実は世話焼きの恋人・誠志郎がいた。彼は、もともとは過保護な父親がボディガードとして選んだ相手で、今では恋人として身も心も満たされる日々を送っていた。そんなある日、蒼葉は父親から誠志郎以外の恋人候補を勧められてしまう。戸惑う蒼葉だが、それを知った誠志郎から普段のクールさとはまるで違う、むき出しの感情で求められてしまい…。

リンクスロマンス大好評発売中

眠れる地図は海賊の夢を見る《ねむれるちずはかいぞくのゆめをみる》

茜花らら
イラスト：香咲

本体価格870円+税

身よりのないイリスは、港町の教会に引きとられ老医者の手伝いをしながら暮らしていた。記憶がないながらも過去のトラウマから海と海賊を苦手としていたイリスは、ある日、仕事の途中で港に停泊していた海賊に絡まれてしまう。そこに現れた赤髪に金の瞳を持つ海賊のハルに助けられたイリスだが、なんと彼はイリスの過去を知っているらしい。しかし、助けてくれたはずのハルに、「宝の地図のため、俺はお前をさらうことにした」と、連れ去られてしまい…!?

あらがう獣《あらがうけもの》

柊モチヨ
イラスト：壱也

本体価格870円+税

極道一家に生まれながら、傲慢な父とその稼業を嫌悪してきた隼人は、一般企業に就職し、ひとり淡々と暮らしていた。そんな隼人には、忘れられない苦い恋の記憶がある…。周囲とも家とも馴染めず、流されるように生きていた高校時代、唯一対等に接してくれた穏やかで人懐っこい先輩・奏一郎に隼人は惹かれていた。だが、その恋をきっかけに、父と同じ激情を自分の中に抱えていると気付かされた隼人は、その醜い独占欲で彼を壊してしまわないよう、奏一郎から離れる道を選択したのだった。しかし十年後の今、隼人は人に連れられ偶然訪れた高級クラブで、男娼として働く奏一郎と再会し…？

リンクスロマンス大好評発売中

ヤクザに嫁入り《ヤクザによめいり》

妃川 螢
イラスト：麻生 海

本体価格870円+税

警視庁刑事部捜査一課所属の新米刑事・遙風は唯一の身内である姉を事故でなくし、姉の双子の子供を引き取ることに。大変な双子の子育てに加え、多忙な刑事の仕事に追われる遙風は、とある民間保育園を見つける。そこは、夜中まで子供を預かってくれるすごく便利な保育園だった。しかし、実は、広域指定団体傘下の烏駭組の関係者が経営する保育園だった。迷う遙風だったが便利さに負けそのまま預けることにする。そんな中、烏駭組幹部の烏城と出会い、仕事柄付き合ってはダメだと思いながらも徐々に彼に惹かれていき…。

闇と光の旋律
～異端捜査官神学校～

やみとひかりのせんりつ～いたんそうさかんしんがっこう～

深月ハルカ
イラスト：高峰 顕

本体価格870円+税

世間を震撼させる新種のウィルスが蔓延し、人々は魔族化した。その魔族を討伐する異端捜査官たち。彼らは、己を選んでくれた剣とともに魔族討伐を行う…。高校生の五百野馨玉は、ある日、大槻虎山と名乗る孤高の青年に出会う。異端捜査官候補生として育成機関の神学校に通う虎山は、強靱な力ゆえ、いまだ「剣無し」の状態だという。馨玉はそんな虎山と共鳴できる剣を体内に宿す特別な存在らしい。虎山に「おまえの力が必要だ」と告げられた馨玉は、彼の剣となるべくライゼル神学校に編入させられるが…？

リンクスロマンス大好評発売中

金緑の神子と神殺しの王 2

きんりょくのみことかみごろしのおう 2

六青みつみ
イラスト：カゼキショウ

本体価格870円+税

アヴァロニス王国より神子として召還され、異世界にトリップしてしまった高校生の苑宮春夏。神子として四人の王候補から次代の王を選ぶため『特別な交流』として性交渉をしなければならなかった春夏は、その成果をアヴァロニス王国の守護神・竜蛇にもその身を捧げる日々を送っていた。そんな中、ひたむきに自分のことを大切に扱ってくれる王候補の中の一人、ルシアスに心惹かれていく春夏だったが…。

LYNX ROMANCE

小説原稿募集

リンクスロマンスではオリジナル作品の原稿を随時募集いたします。

募集作品

リンクスロマンスの読者を対象にした商業誌未発表のオリジナル作品。
（商業誌未発表のオリジナル作品であれば、同人誌・サイト発表作も受付可）

募集要項

＜応募資格＞
年齢・性別・プロ・アマ問いません。

＜原稿枚数＞
４５文字×１７行（１枚）の縦書き原稿、２００枚以上２４０枚以内。
※印刷形式は自由。ただしＡ４用紙を使用のこと。
※手書き、感熱紙不可。
※原稿には必ずノンブル（通し番号）を入れてください。

＜応募上の注意＞
◆原稿の１枚目には、作品のタイトル、ペンネーム、住所、氏名、年齢、電話番号、メールアドレス、投稿（掲載）歴を添付してください。
◆２枚目には、作品のあらすじ（４００字～８００字程度）を添付してください。
◆未完の作品（続きものなど）、他誌との二重投稿作品は受付不可です。
◆原稿は返却いたしませんので、必要な方はコピー等の控えをお取りください。
◆１作品につき、ひとつの封筒でご応募ください。

＜採用のお知らせ＞
◆採用の場合のみ、原稿到着後6カ月以内に編集部よりご連絡いたします。
◆優れた作品は、リンクスロマンスより発行させていただきます。
原稿料は、当社既定の印税でのお支払いになります。
◆選考に関するお電話やメールでのお問い合わせはご遠慮ください。

宛先

〒151-0051
東京都渋谷区千駄ヶ谷４−９−７
株式会社　幻冬舎コミックス
「リンクスロマンス　小説原稿募集」係

LYNX ROMANCE

イラストレーター募集

リンクスロマンスでは、イラストレーターを随時募集いたします。

リンクスロマンスから任意の作品を選び、作品に合わせた
模写ではないオリジナルのイラスト（下記各1点以上）を描いてご応募ください。
モノクロイラストは、新書の挿絵箇所以外でも構いませんので、
好きなシーンを選んで描いてください。

1 表紙用カラーイラスト

2 モノクロイラスト（人物全身・背景の入ったもの）

3 モノクロイラスト（人物アップ）

4 モノクロイラスト（キス・Hシーン）

募集要項

＜応募資格＞

年齢・性別・プロ・アマ問いません。

＜原稿のサイズおよび形式＞

◆Ａ４またはＢ４サイズの市販の原稿用紙を使用してください。
◆データ原稿の場合は、Photoshop（Ver.5.0 以降）形式でＣＤ－Ｒに保存し、出力見本をつけてご応募ください。

＜応募上の注意＞

◆応募イラストの元としたリンクスロマンスのタイトル、あなたの住所、氏名、ペンネーム、年齢、電話番号、メールアドレス、投稿歴、受賞歴を記載した紙を添付してください（書式自由）。
◆作品返却を希望する場合は、応募封筒の表に「返却希望」と明記し、返却希望先の住所・氏名を記入して返送分の切手を貼った返信用封筒を同封してください。

＜採用のお知らせ＞

◆採用の場合のみ、６カ月以内に編集部よりご連絡いたします。
◆選考に関するお電話やメールでのお問い合わせはご遠慮ください。

宛先

〒151-0051 東京都渋谷区千駄ヶ谷 4－9－7
株式会社　幻冬舎コミックス
「リンクスロマンス　イラストレーター募集」係

この本を読んでのご意見・ご感想をお寄せ下さい。

〒151-0051
東京都渋谷区千駄ヶ谷4-9-7
(株)幻冬舎コミックス　リンクス編集部
「水無月《みなづき》さらら先生」係／「サマミヤアカザ先生」係

リンクス ロマンス

純白の少年は竜使いに娶られる

2017年7月31日　第1刷発行

著者……………水無月《みなづき》さらら
発行人…………石原正康
発行元…………株式会社　幻冬舎コミックス
〒151-0051　東京都渋谷区千駄ヶ谷4-9-7
TEL 03-5411-6431（編集）
発売元…………株式会社　幻冬舎
〒151-0051　東京都渋谷区千駄ヶ谷4-9-7
TEL 03-5411-6222（営業）
振替00120-8-767643
印刷・製本所…株式会社　光邦
検印廃止

ISBN978-4-344-84027-0 C0293
Printed in Japan

幻冬舎コミックスホームページ　http://www.gentosha-comics.net

本作品はフィクションです。実在の人物・団体・事件などには関係ありません。